魔女のレッスンはじめます

長井るり子 作
こがしわかおり 絵

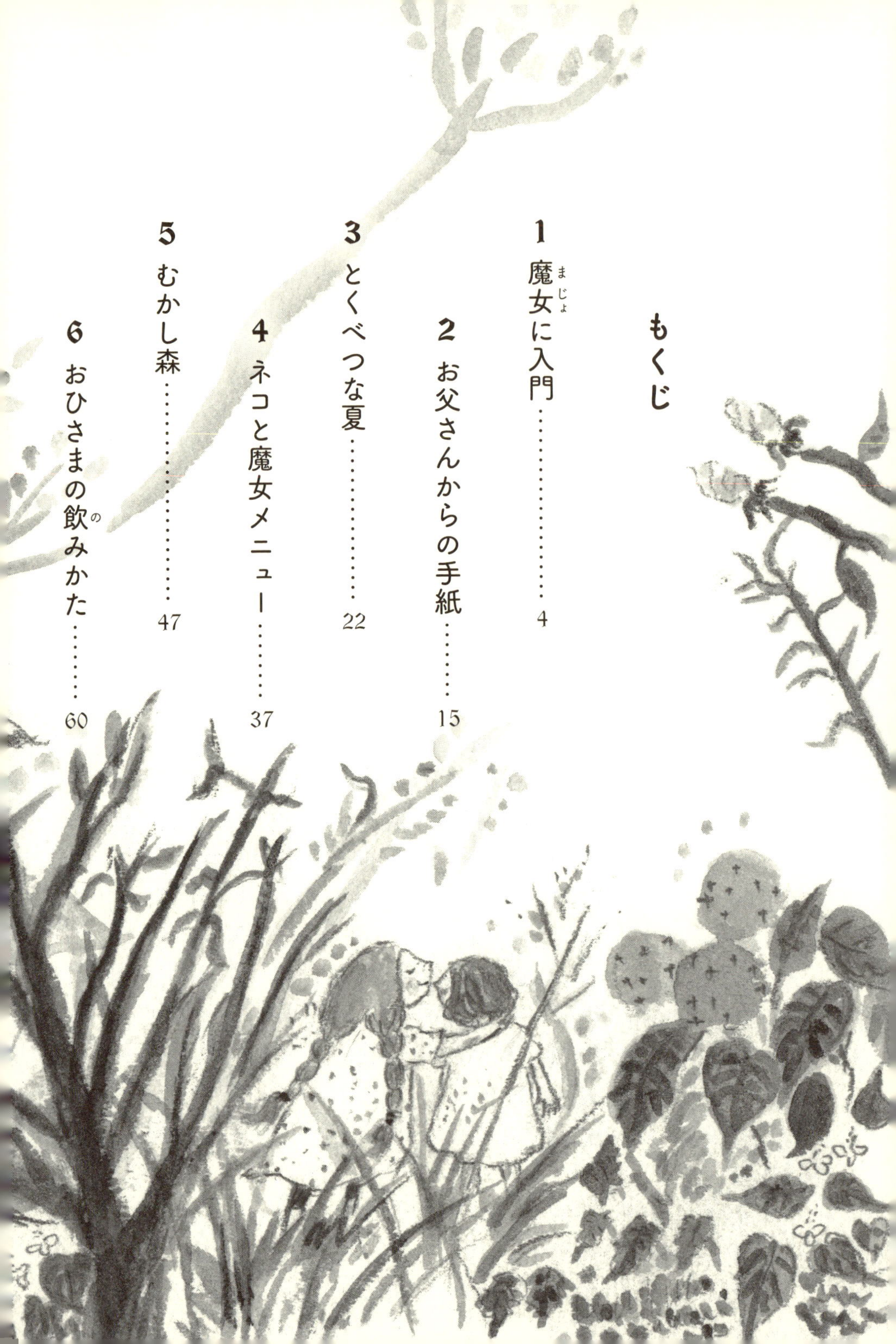

もくじ

1　魔女《まじょ》に入門

「けさ、ばあばちゃんが空をとんでたよ！」

つばさが教室に入ると、由紀《ゆき》がとびついてきた。

「ホウキにまたがり、黒いマントをなびかせて——でしょ」

つばさはランドセルをかたづけて、じぶんの席《せき》についた。由紀の魔女《まじょ》ごっこには、なれているから、かるくいなす。

つばさと由紀は、幼稚園《ようちえん》のときから、小学四年生のいままで、ずっとおなじクラスだった。

なにをするのもいっしょで、なかよしのふたりは、まるでふたごのよう？　そうは見えない。

ひょろっと背《せ》の高い由紀に、少しふっくらしているつばさ。

行動力《こうどうりょく》はあるけれど、はやとちりも多い由紀に、優柔不断《ゆうじゅうふだん》で、なにごともゆっくりのつばさ（本人は、とてもいそいでいるつもりなのだけれど）。

そして、いちばん大きなちがいは、「魔女《まじょ》」についての思い入れだった。

「ばあばちゃんは、いつもの着物《きもの》を着てたよ。そでがひらひらしてたもん。ホウキにはのってなかったけど、だからよけいにすごくない？　道具《どうぐ》なしでとぶんだから。あたし、弟子《でし》にしてもらうからね」

「デシ？」

「そうよ。魔女の弟子。こんな近くに本物の魔女がいたなんて、しんじられない！」

由紀はほおを真《ま》っ赤《か》にして、息《いき》をはずませた。

学校からの帰り道。

由紀は、つばさの手をはなさない。

「ほんとうにばあばちゃんちに行くの？　より道はいけないんだよ」

「いいの、いいの！」

由紀《ゆき》はますます、つばさの手をつよくにぎりしめる。

ばあばちゃんとは、つばさのお母さんのお母さん。古くて広い家に、ひとりで住《す》んでいる。

つばさはその近くのマンションに、お母さんとふたりぐらしだ。

お母さんはとなりの町で、小さな雑貨屋《ざっかや》をひらいている。日本やアジアの民芸品《みんげいひん》、小物《こもの》などをおいていて、けっこうはやっているからいそがしい。

それでつばさは、学校がおわるとそのまま、ばあばちゃんのところに行く。そこで宿題《しゅくだい》をして、夕食も食べる。それは、幼稚園《ようちえん》のころからだった。

つばさが由紀にひっぱられるようにして門を入ると、ばあばちゃんが庭《にわ》にいた。

紺色《こんいろ》の着物《きもの》に、明るいグレーの帯《おび》をきちっとしめて、背《せ》すじをぴんとのばして空を見あげている――ばあばちゃんは、どんなときでも着物しか着ない。今日《きょう》のように、暑《あつ》い夏の日でも。

「和服《わふく》は、日本のすばらしい民族衣装《みんぞくいしょう》なの。むかしは赤ちゃんからお年よりまで、みんなが着ていたのよ。着物ではたらいたりあそんだり、なんでもしてきたの。だから、いまだって、できないはずはないわ」

由紀が、「ばあばちゃんはふつうの人とはちがうね」というのは、このせいかもしれないと、つばさは思っている。

ばあばちゃんは庭《にわ》に苗《なえ》をうえたので、雨がふるのをまっていたのだ。

「こんなにいいお天気なのに、雨なんて――」

由紀がいいおわらないうちに、なにかがキラキラひかりながらふってきた。つばさは知っている。まえに、ばあばちゃんからおしえてもらった。

「『キツネの嫁入《よめい》り』！　おひさまが出てるのに、雨がふることよ」

「キツネまでつかって雨をふらせるなんて、やっぱりすごい！　ばあばちゃん、あたしを弟子《でし》にしてください！」

由紀はあいさつもそこそこに、地面《じめん》に頭がつきそうなほどおじぎをした。

「ああ、由紀ちゃんは、生徒《せいと》になりたいのね。でも、お教室は午前中なの。学校があるからむりでしょう？」

ばあばちゃんは町の公民館《こうみんかん》で、茶道《さどう》と華道《かどう》をボランティアでおしえている。

「ちがいます。魔法《まほう》です！」

「由紀《ゆき》ちゃんはばあばちゃんのこと、魔女《まじょ》だと思ってるの」

「けさ、ポコのさんぽのとき見たんです。屋根《やね》の上をとんでました」

ポコは由紀の家でかっている小型犬《こがたけん》で、朝のさんぽは由紀の係《かかり》なのだ。

「あれは――洗濯物《せんたくもの》が風にとばされて、雨《あま》どいにひっかかったから、とってたの」

「いえ。とんでました！」

由紀は、きっぱりといった。

「はしごであがっただけなのよ」

「そんなことして！」

つばさが、ばあばちゃんの着物《きもの》のそでを、ぎゅっとひっぱった。

ばあばちゃんの家は二階《かい》がないから、はしごをかければ屋根にとどくかもしれないけれど、おちたら骨《ほね》を折《お》る。

でも、ばあばちゃんちに、はしごなんてあったろうか？　見たことがない。

「まあまあ、おやつにしましょうよ。それにしても、今日《きょう》はいちだんと暑《あつ》いわね」

ばあばちゃんが、そそくさと家のなかに入ってしまうと、

「ぜったい、とんでたのに……」

不満《ふまん》そうな、由紀《ゆき》。


「今日《きょう》のおやつは、『夏の夜空』よ」

それは、つめたいおしるこのなかに、みどりと白ともも色の小さいおだんごがういているものだった。おしるこのあずき色を夜の空に見たてて、白玉粉《しらたまこ》でつくった三色のおだんごは星のつもり？

これが、夏の夜空に見えるかというと、むりがあるけれど、ばあばちゃんはこんなふうに、なににでも名前をつけてしまう。そうすると、それはとくべつなものになって、いちだんとおいしくなるというのだ。

「みどり色のはヨモギが入っているんだね。ヨモギはまだあるの？」

つばさは春に、ヨモギだんごを食べたのを思い出した。

「あるわよ。でも春の葉《は》がやわらかいから、あくぬきして冷凍《れいとう》しておくの。そうすれ

ばこうして、いつでも食べられるでしょう。ヨモギは、お茶にしても飲《の》めるのよ。川《かわ》岸《ぎし》の土手《どて》に生えているのが、かおりがつよくておいしいわ」

「てんぐ橋《ばし》のそばの？」

「そうよ」

つばさは、むせてせきこんだ（あそこでは、さんぽ中の犬がおしっこをしているのを、よく見かける）。

「由紀ちゃんも、どうぞ」

ばあばちゃんは、由紀にもすすめる。

つばさは由紀に、食べないように目くばせをした。でも由紀は、こわい顔をして、ばあばちゃんにつめよっている。

「弟子《でし》にしてくれるまでは、食べません！」

ばあばちゃんは、由紀とひやしじるこを見くらべた。由紀が、おやつより優先《ゆうせん》するなんて――。

「由紀ちゃんは、なぜ魔女《まじょ》になりたいの？」

「魔女《まじょ》になれば、魔法《まほう》で、なんだって思いのままだもん。なりたい子はいっぱいいるよ」

つばさは、胸《むね》をとんとんとたたきながら説明《せつめい》をした。胃《い》ぶくろのなかのヨモギが気にかかる。

「あたしは、そんなことで魔女になりたいんじゃないの。どうしても知りたいことがあって、それには魔法の力がいるんだもん」

「知りたいことって、なに？」

「これは、つばさちゃんにもいえないんだ。ごめん……」

「なやみがあるのなら、相談《そうだん》にのるわよ。もちろん、ひみつはまもるわ」

ばあばちゃんは、由紀《ゆき》の顔をのぞきこんだ。

「いえ。魔女になって、じぶんの力で解決《かいけつ》するんです」

「由紀ちゃんは、ほんとうに魔女がいるとしんじているの？　もしいたとして、どうしたらなれると思う？」

「質問《しつもん》その一。魔女はいます！　でも、数がへってるんじゃないかと心配《しんぱい》してたんです。だって、ぜんぜん会えないんだもん。質問その二。弟子《でし》になって修行《しゅぎょう》をして、

んします！」

魔法《まほう》の秘伝《ひでん》をおしえてもらうんです。そのためには、どんなにつらい修行《しゅぎょう》でもがま

「わかったわ」

しばらくかんがえてから、ばあばちゃんがいった。

「やったー！　ありがとうございます。オッショウさま！」

「オッショウサマ？」

「はい。あたしの魔法の先生だから、オッショウさまです。さあ、がんばろうね、つばさちゃん！」

「えっ、わたしも？」

「そうよ。つばさも修行をするの。もうじき夏休みになるから、ちょうどいいわ」

ばあばちゃんまで、あたりまえのようにいう。

「夏休みがおわるまでに魔女になろうね、つばさちゃん！」

（ばあばちゃんが魔女だっていうのは、由紀ちゃんのかってな思いこみなのに、なんでわたしまでまきこまれるの？）

「ふたりで修行《しゅぎょう》をすれば、楽しさも二倍《ばい》になるわね。よかった、よかった」

ほっとしたようなばあばちゃんと、うれしそうな由紀《ゆき》を、つばさは上目《うわめ》づかいでうらめしく見た。


由紀が帰ってから、つばさはあらためて、とんでもないことをきめてしまったことに気がついた。

由紀には、魔女《まじょ》になりたいという目標《もくひょう》があるからいいけれど、つばさにはそんなものはないので、つきあわされるのはめいわくだ。

「ばあばちゃん。魔女の修行をするなんて、どういうつもり？　由紀ちゃんが魔女になれるって、本気なの？」

「ええ、なれるわ。そしてつばさもね。それにこれは、つばさにも必要《ひつよう》なことなの」

「わたしも魔女になることが、ってこと？」

「そうよ。すぐにわかるわ」

ばあばちゃんはくちびるをきっとむすんで、うなずいた。

2　お父さんからの手紙

夜、しごとをおえたお母さんが、つばさをむかえにきた。

ばあばちゃんの家から五分ほどのところに、つばさたちが住《す》むマンションがある。

いつも、まっすぐまえをむいてさっさと歩くお母さんが、とつぜん空を見あげ、「月がきれいね」といいだしたので、つばさは、足がもつれてしまった。

「つばさは、お父さんのところでも、くらしてみたい？」

また、ころびそうになる。

「そんなこと、きゅうにいわれても……」

「そうよね。お父さんとは、五年以上《いじょう》も会っていないし、たまに手紙がくるくらいだものね」

それも、手紙にかいてある住所《じゅうしょ》がいつもかわっていて、へんじもあまりかけない。

お父さんとお母さんは、つばさが幼稚園《ようちえん》のときに離婚《りこん》した。

そのときは、「リコン」がどのようなことなのかわからなかったので、お父さんが帰ってくるのを毎日まっていた。

幼稚園の運動会《うんどうかい》や、おひな祭《まつ》り会のときなど、どこかで見ているのかもしれないと、さがしたこともあった。

でもそのうち、お父さんはもう帰ってこないということがわかったし、いないことにも、だんだんなれてしまっていた。

家に帰るとすぐ、お母さんは、茶色の大きなふうとうをつばさにさしだした。

「お父さんからよ」

ふうとうのなかには、手紙と、「絵」が入っていた。つばさはまず、手紙をひらいた。

十歳《さい》のつばさへ
元気にしていますか？　ひさしぶりの手紙になってしまいましたが、だいじなことをかきますから、ゆっくりかんがえて、へんじをくれればいいです。

ぼくはいま、アマゾン川流域《りゅういき》にある村で、熱帯病《ねったいびょう》の研究《けんきゅう》をしています。このしごとは、ぼくの長いあいだの夢《ゆめ》だったのです。日本とはまったくちがう環境《かんきょう》の見知らぬ土地《とち》で研究をするのは、とてもたいへんですが、大きなやりがいもあるのですよ。

つばさは、アマゾン川を知っていますか？　南アメリカにある大きな川です。絵地図にしてみたから、少しはイメージがつたわるかな？

絵地図のなかで、ぼくのとなりに立っている人は、シャーマンです。彼《かれ》は、ぼくがこの土地になじむのに力をかしてくれた友人です。ここの住人《じゅうにん》は、病気《びょうき》やこまったことがおきると、彼のようなシャーマンに相談《そうだん》することが、よくあるのです。

この絵地図は未完成《みかんせい》なので、夏休みに、つばさがアマゾンについて調《しら》べたことを、かきくわえてください。そしてつばさがこちらにきて、見たこと、経験《けいけん》したことをかけば、これは完成です。

つばさ、アマゾンでいっしょにくらしてみませんか？

きゅうにこんな手紙をうけとって、つばさはびっくりするかもしれません。でも世《せ》界《かい》は広く、おどろきにみちています。つばさにもぜひ、それを知ってもらいたいのです。

手紙を読みおえたつばさは、「絵」をひろげた。

つばさが絵地図から顔をあげると、お母さんが話しはじめた。

「いままでだまっていたけれど、つばさが十歳《さい》になったら、わたしか、お父さんか、どちらとくらすかをえらべるようにしようって、やくそくしていたの。

お父さんはいままで、研究《けんきゅう》のために熱帯地方《ねったいちほう》を移動《いどう》していたけれど、いまいるところは子どもでも安全《あんぜん》に住《す》めて、学校もあるんですって。しばらくは、そこで研究をつづけるそうよ。

お父さんは大学病院《びょういん》のお医者《いしゃ》さんだったけれど、学生時代《じだい》から興味《きょうみ》のあった熱帯病の研究をあきらめられなかったの。でもわたしは、暑《あつ》いのと、虫がどうしてもだめで……それに、お店もやめたくなかったたし。だから、おたがいの夢《ゆめ》をだいじにすることにしたの。

つばさには、お父さんとはなれてくらすことになって、もうしわけなかったけれど、体力と判断力《はんだんりょく》がつくまでは、わたしがそだてることにしたのよ」

つばさは、とつぜんいままで知らなかったことをいっぺんにつたえられて、びっくりするばかりだ。大きく息《いき》をすって、やっと声が出た。

「ばあばちゃんも、この手紙のことを知っているの？」

「そうよ。この手紙はしばらくまえにきて、ばあばちゃんにも相談《そうだん》したの。ばあばちゃんは、つばさがどこに行ってもこまらないように、夏休みのあいだに、いろいろなことを学んでほしいと思っているみたい。それはきっと、つばさの役《やく》にたつわよ」

それでばあばちゃんは、つばさにも魔女修行《まじょしゅぎょう》をさせようとしたのか――。

「お父さんのいるアマゾンに行くか、ここにいるか、きめるのはつばさなのよ。夏休みのあいだに、答えを出せるかしら？」

お母さんは、つばさの目を見つめていった。

3　とくべつな夏

いままでは、夏休みといっても、とくべつなことはなにもなかった。

お母さんはお店があるし、ばあばちゃんは海に行っておよいだり、山でキャンプをするなどということはぜったいにないから、つばさは学校のプールに行くか、由紀《ゆき》とあそびにいくぐらいが、せいぜいだった。

でも今年《ことし》は、ちがう。


夏休みが――魔女修行《まじょしゅぎょう》のはじまりの日が、やってきた。

朝八時。ばあばちゃんの家に集合《しゅうごう》。

「オッショウさま。たいへん！　庭《にわ》がたいへんです！　草が大きくなってます！」

由紀が、あわわあわわととびこんできた。

「このまえ、ばあばちゃんがうえた苗《なえ》のこと？　のびるのがはやいんだよね、あれ」

由紀の大さわぎになれているつばさは、あわてない。

「はやすぎるよ。一週間《しゅうかん》もたってないのに、もうあたしの身長《しんちょう》をおいこしそうだよ」

「それだけ、エネルギーをもっているということね。園芸店《えんげいてん》ですてようとしていたのをもらったけど、お店の人も、どうしてこんなのがあったのかわからないっていうのよ。だから、どんな種類《しゅるい》の植物《しょくぶつ》かもなぞなの。ねえ、こういうのって、わくわくしない？」

ばあばちゃんは両手《りょうて》を胸《むね》のまえであわせて、小さくからだをゆする。

「する、する。これ、魔女《まじょ》の薬草《やくそう》ですよ、きっと。だからこんなににょきにょきと大きくなって――これにのぼって、魔女の国に行けるかもしれませんね、オッショウさま！」

由紀は朝からテンションが高いけれど、あこがれの魔女修行《しゅぎょう》がはじまるのだから、しかたがない。

「これが修行の目標《もくひょう》よ」

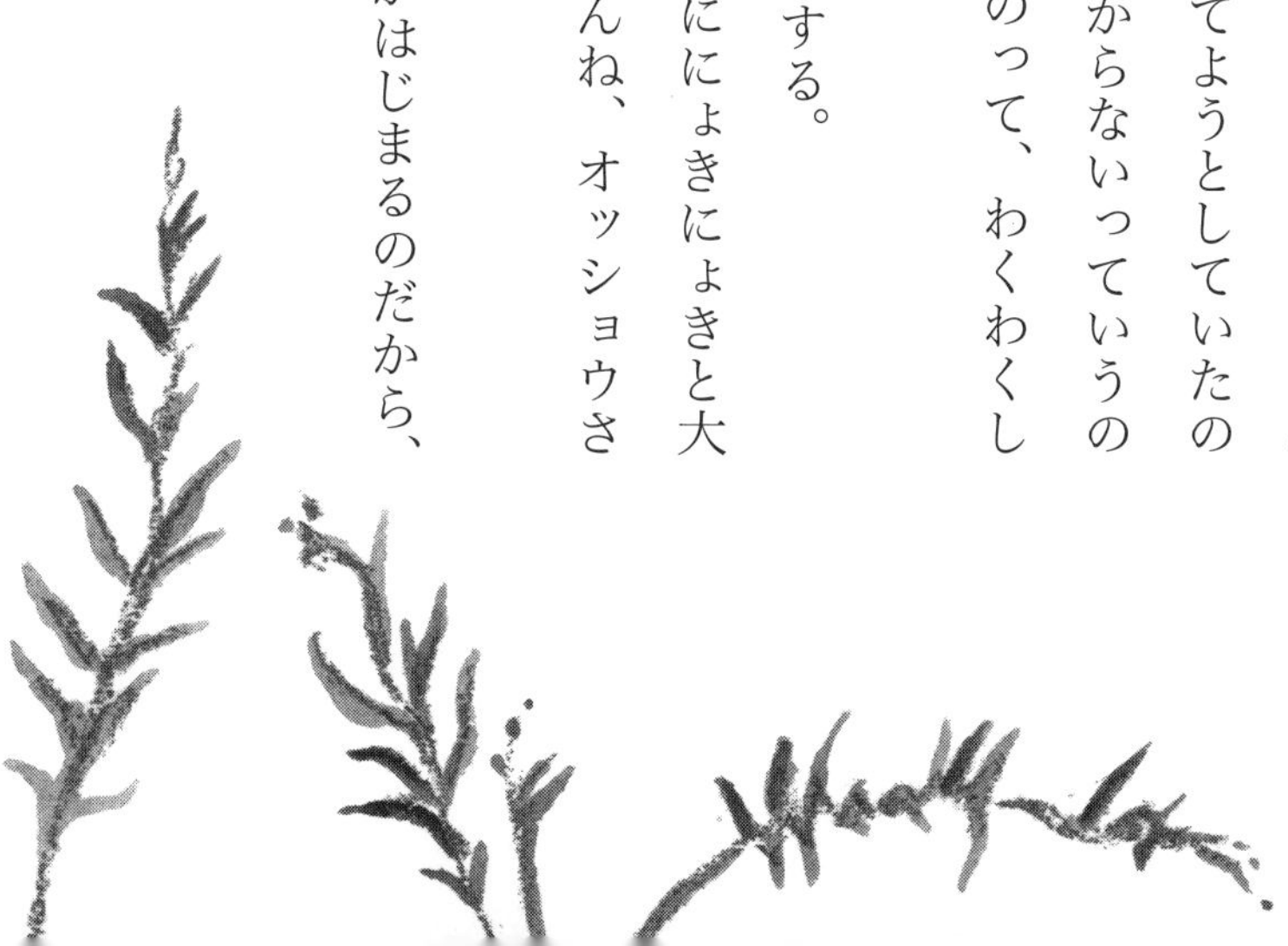

ばあばちゃんが食堂《しょくどう》のテーブルの上に一枚《まい》の紙をおいたので、つばさと由紀《ゆき》は、頭をくっつけるようにして読んだ。

一、心をうつくしくしましょう
二、からだをすこやかにしましょう
三、「人間《にんげん》」になれましたか？

「一と二はなんとなくわかるけど、三はどうして？　わたしたち、もう人間だよ。それなのになぜ『人間になれましたか？』なの？　ね、由紀ちゃん。へんだよね」

まっ先にそうだそうだといいそうな由紀が、どうしたことか、こわばった顔で下をむいた。

ばあばちゃんは気づかないようすで、説明《せつめい》をつづける。

「ねがいをかなえる魔法《まほう》をつかうには、うつくしい心とすこやかなからだが必要《ひつよう》よ。

そして、魔女になるには、じぶんのことをよく知って、『人間』になることも大切なの。

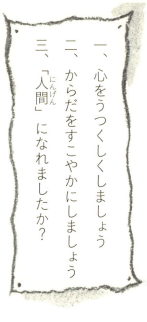

めだたず、さりげなく、人の役《やく》にたてるような魔女《まじょ》をめざしてね」

つばさが思っている魔女のイメージとは、ずいぶんちがう。魔女とは、びっくりするようなことや、ふしぎなことをばらまいていくようなものだと思っていたのに。

由紀もがっかりしているにちがいないと横目《よこめ》で見ると、まだうつむいたままだった。

「そうときまったら、さっそくはじめましょうね。まずは、『心をうつくしくする』修行《しゅぎょう》から」

ばあばちゃんは、たたみがしいてある和室《わしつ》にふたりをつれていくと、ハタキをわたした。

元気のなかった由紀の顔がかがやいた。

「これ、日本の魔女のつえですね！」

「ふつうは、ほこりをはらうものだけれど、これを魔法のつえにするかどうかは、由紀ちゃんしだいよ」

「ハタキ　パタパタ　魔女のつえ
パタパタ　パタパタ　空をとぶ

魔女《まじょ》は　パタパタ　魔法《まほう》をかけるぅ♪」

由紀《ゆき》は小さい声でうたいながら、
しょうじの桟《さん》をパタパタ。たんすの上までパタパタ。

ほこりをはらってしまうと、つぎは、ホウキの出番。

「もう、『とびかた』をおしえてもらえるんですか?」

「ホウキは、はくものなの。たたみの目にそってはくといいのよ」

「えっ、たたみに目があるの。どこ、どこ?」

由紀はかがんで「目」をさがす。

「ばあばちゃん。どうして、そうじ機《き》をつかわないの?」

「そうじ機が、どこにでもあるとはかぎらないでしょう。……つぎは、ろうかをふきましょう」

ばあばちゃんは、真《ま》っ白《しろ》なぞうきんと、たっぷり水を入れたバケツをもってきた。

「これは、かんたん」

由紀がしゃがんで、しゅるしゅるとぞうきんをうごかすと、「腰《こし》でふくのよ」と、

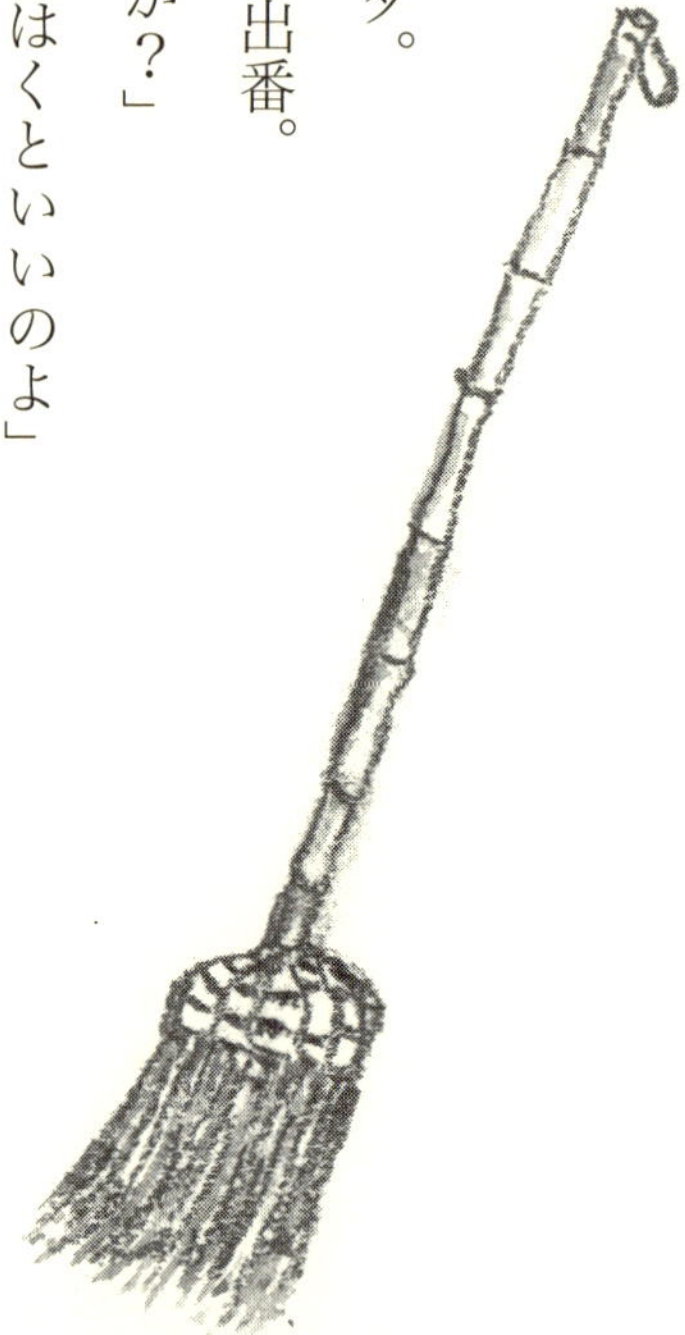

ばあばちゃん。

「さすが魔女《まじょ》！　手はつかわないんだ。でもどうやって？　オッショウさまがお手本を見せてください」

「腰《こし》に力を入れるということ。なんでも、『腰』がだいじなの」

ばあばちゃんは、よつんばいになって腰を高くすると、ぞうきんに両手《りょうて》をおいて、すべるようにふいていく。

ふたりもまねをするけれど、まえのめりになるだけで、ぞうきんはすすまない。

「うーん。意外《いがい》にむずかしい……」

由紀は、ぞうきんにおく手の位置《いち》や、力の入れ具合《ぐあい》をたしかめる。

「これだって、モップをつかえばらくなのに……。こんなことして、なんの役《やく》にたつんだろうね？」

つばさが由紀にささやくと、

「修行《しゅぎょう》だからよ。むだと思うようなことでも、がまんしてつづけているうちに、『なにか』がわかってくるんだって。そうやって魔女になるの。だから弟子《でし》は、ぐちゅぐちゅいわないで、とにかく修行《しゅぎょう》、修行！　それにしても、オッショウさまの家のろうかは、なんでこんなに長いの？　ヘビ用かな？　夜になると、ながーいろうかを、ながーいヘビが、ニョロニョロニョロ〜。ひゃあー、こわい〜」

由紀《ゆき》は、ほんとうにヘビにおいかけられているかのように、ダダダッとふいていくと、ろうかのつきあたりにある戸を見つけた。

「ここも部屋《へや》？」

「うん。でも、戸があかなくなったからつかってないの。ばあばちゃんは、『あかずの間《ま》』ってよんでる。……ん？　なんか、ひそひそ声がする……だれもいないはずなのに……」

つばさが、戸に耳を近づけた。

「きゃっ、ユウレイ！」

由紀は、ぞうきんをほうりなげて、つばさにしがみついた。

（しまった！　由紀ちゃんのユウレイぎらいをわすれてた。ちょっと、ふざけただけなのに）

由紀《ゆき》のにがてなものは、ユウレイとゴキブリと動物園《どうぶつえん》で、とくにユウレイは、本のなかに出てきただけでも、ひとりでトイレに行けなくなる。

「ユウレイじゃなくて、魔女《まじょ》。ここは、魔女のささやきがきこえる部屋《へや》なの」

あわてて、てきとうなことをいうと、

「えっ、オッショウさまのほかにも魔女がいるの？」

由紀も、戸に耳をおしつける。

「きこえた！　魔女のささやき……」

こんどは、つばさがびっくりした。

「そんなの、きこえるわけないよ。だって――」

あれはうそ、といおうとして、心臓《しんぞう》がとまりそうになった。つばさにもきこえたのだ。

ひそひそ話をしているような、でも、人の声かどうかもわからない、何重《なんじゅう》にもかさなっているような、ふしぎな音……。

つばさは、「ばあばちゃーん！」とさけびながら、ろうかをかけだした。

ばあばちゃんは、ちっともおどろかない。

「この家は古いから、さまざまな音がするのよ」

たしかに、ろうかを歩いていると、ぎしっときしむことがあるし、しめきった部屋《へや》なのに、空気がうごいている気配《けはい》がすることもある。

ばあばちゃんは、「木でできた家は、生きている」という。木材《もくざい》が湿気《しっけ》をすい、空気が乾燥《かんそう》すると、それをはきだすのだそうだ。

さっきのは、そのような木が呼吸《こきゅう》する音だったのかもしれない。

(なぁんだ。そういうことか……。こわがって、ごめんね)

つばさは、きゅうにこの家がいとおしくなって、部屋のふとい柱《はしら》をそっとなでた。

柱はずっとここで家をささえ、いま、つばさがなでているように、たくさんの人がさわったのだ。ばあばちゃんや、じいじさん。そのまたお父さんとお母さん。つばさのお母さん。そして、お父さんもきっと――。

「ろうかは、ふきおわった? つぎは、トイレそうじね。トイレをピカピカにしておくと、きれいになれるわよ」

ばあばちゃんの声で、現実《げんじつ》にもどった。

たしかに、トイレを無心《むしん》でみがいていると、心もすんでくるようだ。そうじも、何日《なんにち》もつづけているとだんだんなれて、じぶんの部屋《へや》までかたづけるうちに、楽しくさえなってきた。

由紀《ゆき》の家にも行った。

由紀のお母さんは、「すごくちらかってるの。いま、そうじをするから、それからおねがいね」とあわてていた。

由紀のお姉さんは、

「わたしの部屋は、いじらないで。そうじは定期的《ていきてき》にしているからいいの」

と、あっさりとことわられた。

「お姉ちゃんの部屋は、いつもすっごくきれいだから、あたしたちがわざわざする必要《ひつよう》なんてなかったんだ……」

「由紀ちゃんの部屋とぜんぜんちがうんだね」

つばさは、おもちゃ箱《ばこ》をひっくりかえしたような由紀の部屋を思い出して、くすっとわらった。

修行《しゅぎょう》は、つづく――。

「けさは、さっちゃんちに行ってくれる?」

近くに住《す》む、ばあばちゃんのおさななじみのさっちゃんが、足の骨《ほね》を折《お》ったので、庭《にわ》の雑草《ざっそう》をぬいてほしいというのだ。

つばさも、さっちゃんは知っている。ときどきあそびにくるし、ばあばちゃんもさっちゃんの家に行って、「お茶《ちゃ》している」から。

この場合の「お茶」は、ばあばちゃんがおしえている「茶道《さどう》」ではなく、おいしいものを食べたり飲《の》んだりしながら、ながながとおしゃべりをすることだけれど。

「ふたりでなら、午前中におわると思うわ。そんなに広い庭じゃないから」

ばあばちゃんはつばさたちに、竹ボウキと、軍手《ぐんて》と、汗《あせ》ふきタオルをわたした。

由紀は竹ボウキをうけとると、ばあばちゃんが家のなかにもどったのを見て、すかさずまたがった。

つばさは、「ホウキは、はくものですよ」と、ばあばちゃんの口まねをした。

さっちゃんは門のまえで、つばさたちをまっていてくれたけれど、左足にギプスをまき、まつばづえをついていて、いたいたしい。

「とんだ失敗《しっぱい》をしちゃった。たった一センチの段差《だんさ》でつまずいたの。この暑《あつ》いのに、足をぐるぐるまきにされて……。骨《ほね》を折《お》るのなら、冬にしたほうがいいわよ」

経験者《けいけんしゃ》のアドバイス。

さっちゃんの家の庭《にわ》は、ジャスミンのアーチがあり、庭のまんなかには、シンボルツリーのほっそりとした木が数本うえてある。その下には、花はもうないけれど、スズランの葉《は》がまだのこっていた。

芝生《しばふ》は雑草《ざっそう》がのびほうだいで、せっかくのおしゃれな庭がだいなしだ。

つばさたちは、ながれる汗《あせ》をふきながら、せっせと草を引き、ばあばちゃんがいったように、午前中にはきれいにしてしまった。

「はたらき者《もの》でやさしいおじょうさんたち！　ランチはいかが？」

さっちゃんが、窓《まど》から顔を出してよんだ。

テーブルの上には、しぼりたてのつめたいオレンジジュース。アボカド、レタス、トマトのサラダ。チーズ。やきたてのロールパン。そして、かわいいラベルをはったびんが、いくつもおいてあった。

「これ、ぜんぶわたしがつくったジャムなの。イチゴ、リンゴ、ルバーブにブルーベリーよ。どれでも、すきなだけ食べてね」

さっちゃんはほこらしげに、明るい茶色《ちゃいろ》にそめたボブヘアをゆすった。

ばあばちゃんとおなじくらいの年のはずだけれど、ずっとわかく見える(これは、ばあばちゃんにはナイショ)。

「えーと、すきなのはイチゴとリンゴのジャムだけど、ルバーブは食べたことがないから食べてみたいし、ブルーベリーは目にとてもいいって、ばあばちゃんがいってたし……。

ああ、由紀《ゆき》ちゃん。どれにしよう？」

つばさは、まよってきめられない。

「ンもう！　なやんでいるあいだに、みんな食べられるよ！」

由紀は、ふたつめのロールパンに手をのばす。

「つばさちゃんは、はるちゃんににてきたわねえ」

さっちゃんが由紀のコップに、おかわりのオレンジジュースをつぎながらいった。

「はるちゃん」とは、ばあばちゃんのことだ。

「わたし、そんなにおばあさんに見えるの？」

「ちがうわよ。子どものころのはるちゃんよ。……つばさちゃんて、おもしろいわ」

さっちゃんが、ククク……とわらい、由紀は、

「へえ。オッショウさまはむかし、こんな顔をしていたんだ。ということは、つばさちゃんはお年よりになったら、オッショウさまみたいになるんだね」

めずらしいものでも見るように、つばさを上から下へとながめた。

4　ネコと魔女《まじょ》メニュー

さっちゃんの家から帰ると、庭《にわ》にいたばあばちゃんがすぐ、「ジャムはおいしかった？」ときいたので、由紀《ゆき》は、

「さすが魔女《まじょ》！　みんな見えていたんだ」

と、感心《かんしん》した。

つばさは、口のまわりを手でこすった。

（ジャムがついていたかな？）

どれもおいしかったけれど、食べすぎて、胃《い》がむかむかしている。

「さっちゃんは、子どものころからジャムが大すきで、おとなになったら、すきなだけ食べるのが夢《ゆめ》だったの。ねがいをかなえて何十年も食べつづけているのに、まだあきないのよね」

こまったことだとでもいうように、ばあばちゃんはくびをふる。

「あっ、なんかいる！」

由紀《ゆき》が、ワクワク草のしげみを指《ゆび》さした。

ばあばちゃんがもらってきた、名前もわからない苗《なえ》（ばあばちゃんはこれに、『ワクワク草』という名前をつけた）は、大きくなっただけでなく、どんどんふえて、うえたときの何倍《なんばい》もの面積《めんせき》を占領《せんりょう》してしまった。

あざやかなみどり色だった若葉《わかば》は、成長《せいちょう》するにしたがい、ふといくきと、はい色にくすんだほそ長い葉になって、まるでかれ草のようだ。

それを、ふつうのネコの二倍はありそうなネコが、ムシャ、ムシャと食べている。

ネコはつばさたちをちらっと見ると、のっそりと家のなかに入り、毎日そうしていたかのように、食堂《しょくどう》のいすにすわった。

あまりにもどうどうとしているので、つばさは「おじゃまします」とあいさつをしそうになったくらいだ。

「オッショウさま。ネコをかってたんですね？　ちっとも気づかなかった……」

「いいえ。わたしもいま、はじめて会ったのよ。でも、ここにいるつもりみたいね。それなら、名前をつけなきゃ――」

するとネコは、ばあばちゃんにむかって「ニャア」とないた。

声だけきいたら、子ネコかと思えるくらいかわいい声で、すがたとのギャップがすごい。

「名前はシロなの？　もう、だれかにつけてもらったのね」

またネコが、「ニャッ」とみじかくなく。

「動物《どうぶつ》とも話せるんだ。魔女《まじょ》ってすごい！」

由紀はすぐ、魔女にむすびつけるけれど、ばあばちゃんはいつも、こんなふうなので、つばさはおどろかない。

修行《しゅぎょう》は、つづく。

からだをすこやかにするために、つぎは、料理《りょうり》。

さいしょは、お米の炊《た》きかた。

「つやつやした、炊《た》きたてのごはんは格別《かくべつ》よ。でも、どこにでも炊飯器《すいはんき》があるとはかぎらないから、どんな道具《どうぐ》をつかっても、炊けるようにしましょうよ。今日《きょう》はワイルドに、飯《はん》ごうでね」

つばさは、小さいころに、お父さんと湖《みずうみ》のそばでキャンプをしたことを思い出した。あのときは、飯ごうの底《そこ》にお米がこげついてしまい、お父さんはしんけんな顔をして、スプーンでかりかりとひっかいていた——。

はじめ　ちょろちょろ
なか　ぱっぱ
じわじわ　ときに　火をひいて
赤子《あかご》　ないても
ふた　とるな

ばあばちゃんがうたうと、由紀《ゆき》は、

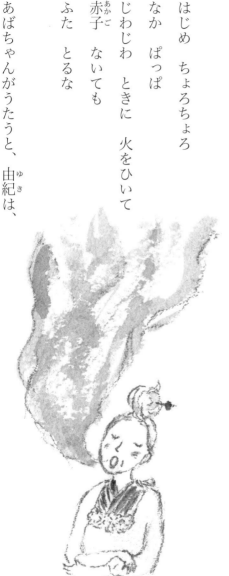

「それ、知ってる！　おいしいごはんになるようにって、オマジナイですよね」

「『お釜《かま》』で炊《た》くときの火のコツを、おぼえやすくいったのね。わたしのおばあさんが、よくうたっていたわ」

ごはんができあがるまで、ばあばちゃんは、「だし」のとりかたをおしえる。

「『だし』は、汁物《しるもの》や煮物《にもの》などにつかうの。かんたんなのは、水にけずり節《ぶし》とニボシ、コンブを入れて、ひと晩冷蔵庫《ばんれいぞうこ》におとまりさせれば、翌日《よくじつ》にはりっぱな『おだしさん』になっているわ。それをこして火にかけるだけ。ね、だれでもできそうでしょう？　だしをつかうだけで、お料理《りょうり》の味《あじ》は格段《かくだん》においしくなるのよ」

つばさはあくびをして、あわてて手で口をおさえた。ばあばちゃんは、つばさをちらっと見てつづける。

「おみそ汁のだしは、ニボシだけでもいいのよ。頭とはらわたをとって、水につけておくの。おみそはとても優秀《ゆうしゅう》な伝統食品《でんとうしょくひん》だし、野菜《やさい》を入れたおみそ汁は、りっぱなおかずになるわ。つばさ、つくってみたくなった？」

つばさは、にょごにょごとへんじをする。

つくりたいとは思わないので、「うん」とはいえないし、おしえてくれているばあばちゃんにわるいから、つくりたくないともいえない。

（せめて、クッキーとか、ケーキだったらよかったのに――）

「こういう材料《ざいりょう》が、どこででも手に入るとはかぎらないけれど、どんな料理《りょうり》にも応《おう》用《よう》できると思うのよ。そして、材料はいつも『旬《しゅん》』のものを、できるだけつかうことね。一年でいちばん凝縮《ぎょうしゅく》された自然《しぜん》の力を、からだにわけてもらえるわ」

「『旬』ってなんですか、オッショウさま」

「おいしくみのる季節《きせつ》のこと。たとえばトマトとキュウリは、夏が旬よ」

由紀《ゆき》を見ると、ノートにせっせとメモをとっている。表紙《ひょうし》には、「魔女《まじょ》のレッスン」と大きくかいてあった。

＊ばあばちゃんにならった魔女メニュー＊

・ワイルドごはん

飯《はん》ごうで炊《た》く。キツネ色にこげたほうが、こうばしくておいしい。

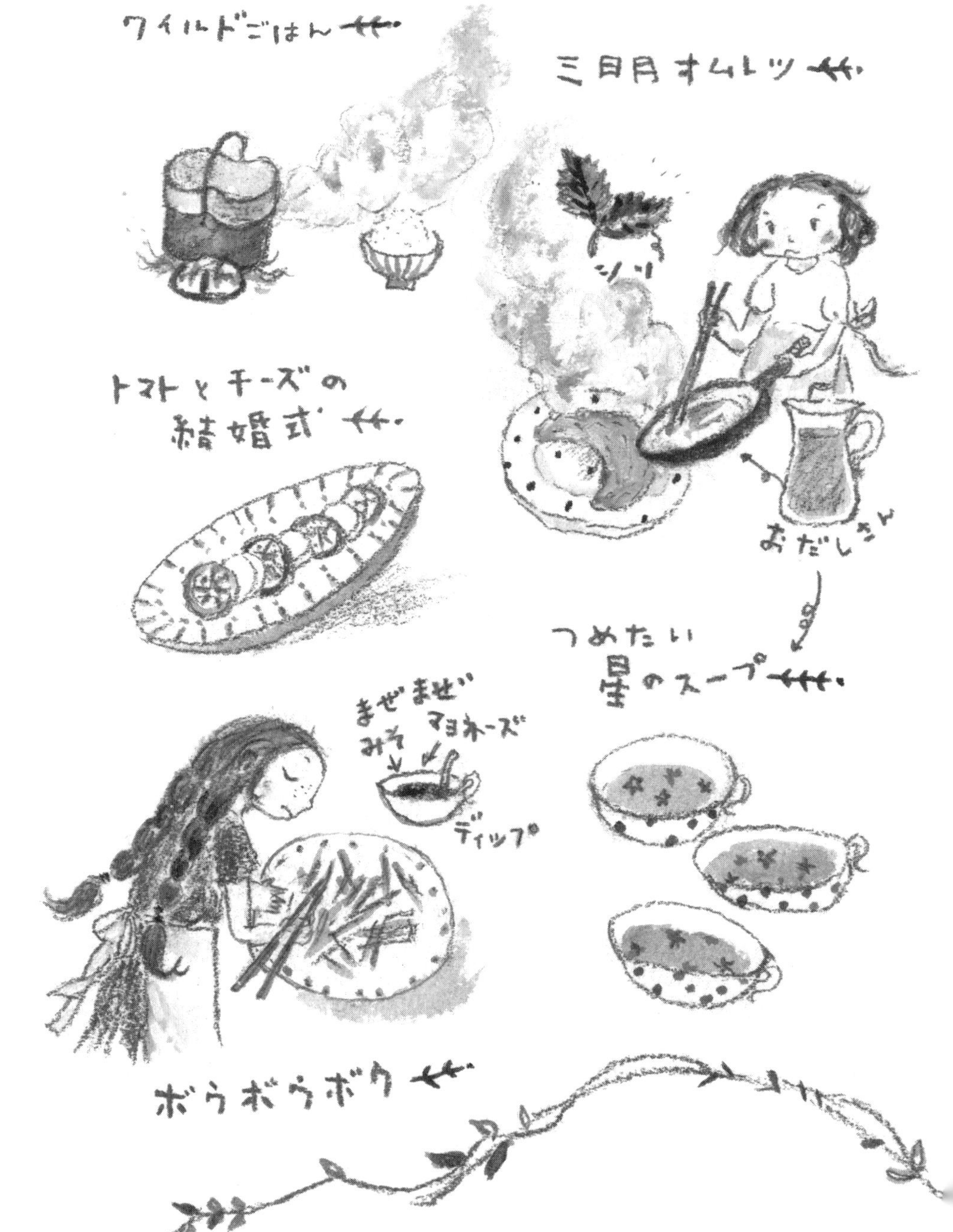
ワイルドごはん
三日月オムレツ
シソ
おだしさん
トマトとチーズの結婚式
つめたい星のスープ
まぜまぜ
みそ
マヨネーズ
ディップ
ボウボウボク

・三日月《みかづき》オムレツ
庭《にわ》でとれたシソを入れて。三日月のようにかたちをととのえること。かくし味《あじ》に「おだしさん」を、ちょっとだけ入れる。

・トマトとチーズの結婚式《けっこんしき》
大きさをそろえて切ったトマトとチーズを、こうごにならべる。チーズは白っぽいもののほうが、紅白《こうはく》でおめでたい。

・ボウボウボウ
ぼうのようにほそ長く切ったキュウリ、ニンジン、セロリに、みそとマヨネーズをあわせたディップをそえる。新鮮《しんせん》な素材《そざい》は、生《なま》のままでも、とてもおいしい！

・つめたい星のスープ
つくりおきのおだしさんを塩《しお》で味《あじ》つけして、ゆでたオクラを輪切《わぎ》りでうかべて。

食事《しょくじ》がおわると、由紀《ゆき》とつばさは食器《しょっき》をあらった。あとかたづけも修行《しゅぎょう》のうち。
「つばさちゃん。今日《きょう》の修行のことで話があるんだけど——」

「そうだよね。こんなことをしてて、魔女《まじょ》になれるとは思えないよね」

「そうじゃなくて。つばさちゃんは、もっとまじめにやったほうがいいってこと」

「えっ。由紀ちゃんは不満《ふまん》じゃないの？　魔法《まほう》らしいこと、なーんにもしてないのに。

わたしはまだいいけど……」

「あれっ、つばさちゃん、魔女になりたくないの？」

「ばあばちゃんにいわれたから、はじめたけど……ほんとはね、魔法なんてしんじてなかったの。だって幼稚園《ようちえん》のとき、由紀ちゃんに魔法をかけられたのに、ぜんぜんききかなかったもん。あのとき、すっごくはずかしかったんだから……もう、魔法はこりごりだと思った」

小さいときから由紀は、魔女や妖精《ようせい》がすきだった。

ハロウィンで、由紀がつくったとんがりぼうしと、黒いショールで代用《だいよう》したマントで、仮装《かそう》させられたこともある。そのときは、せなかに妖精の羽根《はね》もつけられた。

それは、まだいい。あれは、二年生のときだった。

由紀が、「まほうのじゅもん」という本を読んで、つばさに、すがたがきえる魔法をかけた。

「先生に、『あっかんべ』をしても気づかれないよ」というので、そのとおりにすると、わかい女の先生は、見えないはずのつばさの顔をじっと見て、おなじように「あっかんべ」をしたのだ。

「『つばさちゃんでもこんなことをするのね』って、わらわれたんだから……。あの先生が大すきだったから、がんばっていい子にしてたのに」

「でも、あのときはほんとうにできたんだよ。お姉ちゃんのまえでもしたけど、気づかなかったもん」

「それってもしかしたら、無視《むし》されただけじゃないの?」

あのクールなお姉さんなら、ありそうなことだ。

「えーっ。ひどーい!」

由紀《ゆき》はお茶《ちゃ》わんがこわれそうなほど、ぎゅっぎゅっと力を入れてふきはじめた。

そのそばで、すっかり食堂《しょくどう》にいついたシロが、ぱたぱたとしっぽをゆらして、ふたりの会話をきいていた。

5　むかし森

つぎの朝。

つばさがばあばちゃんの家に行くと、ばあばちゃんは、台所《だいどころ》でなにかをつくっていた。

「今日《きょう》の修行《しゅぎょう》も料理《りょうり》？」

「あら、おはよう。これはおそなえよ。今日は、お墓《はか》まいりに行きましょうね」

ばあばちゃんはそういうと、かたで息《いき》をついた。なんだか顔色もわるい。

「どうしたの、ばあばちゃん」

つばさは、ばあばちゃんのひたいに手をあてた。熱《あつ》い――。

「ちょっと夏ばてしちゃったみたい。へいき、へいき。さっき薬草茶《やくそうちゃ》を飲《の》んだから、すぐよくなるわ」

「寝《ね》てなきゃだめだよ」

「そういうわけにはいかないの。今日《きょう》は、じいじさんの亡《な》くなった日——お命日《めいにち》だから」

ばあばちゃんは、かたをこきっとあげて、またおそなえをつくりはじめる。

そこへ由紀《ゆき》がきた。

「いいことかんがえた。由紀ちゃんとふたりで行ってくるから、ばあばちゃんは休んでて。かわいい孫《まご》のわたしが行けば、じいじさんは大よろこびで、ばあばちゃんがいなくても、気にしないと思うよ」

つばさのおじいさんは、つばさが赤ちゃんのころに亡くなったので記憶《きおく》はないけれど、親しみは感《かん》じている。ばあばちゃんから何十回もきいたのは、つばさが生まれたとき、ばんざいをしてぎっくり腰《ごし》になったということ。

「お墓《はか》まいり、昼間《ひるま》なら、こわくないです」

由紀も、さんせいする。

「子どもだけでお墓まいりなんて……バスにのって、おりてからも歩くのよ」

「だいじょうぶ。ばあばちゃんと何回も行ってるから、道はおぼえてるもん」

つばさは、ばあばちゃんがつくったおそなえと、つめたいお茶《ちゃ》を入れた水筒《すいとう》をかごにつめた。由紀が「ピクニックみたいだね」といったので、おやつとピクニックシートももっていくことにする。

「むかしは、うら庭《にわ》から雑木林《ぞうきばやし》をぬけて、お墓《はか》までずっと歩いていけたのよ。塀《へい》なんかなかったし……。でも、木が切られて、公園ができて、たくさんの家がたって、遠まわりでしか行けなくなってしまったの……」

ばあばちゃんは、遠くを見るように目をほそめた。

「そこは、大きい木がしげっていてね。わたしがうんと小さかったときは、深《ふか》い森に思えて、木のかげから、なにかがじっとこちらを見ているようで、とてもこわかったわ。いまでもときどき、たくさんの木《こ》の葉《は》がいっせいにザワッ、ザワッってゆれている音がきこえるのよ——むかし森の音」

それは、つばさもはじめてきく、森の話だった。

「いってきまーす！」

「バスからおりるところを、まちがえないでね。より道はしないのよ」

まだ心配《しんぱい》そうなばあばちゃんを、ふとんに寝《ね》かせて玄関《げんかん》を出ると、由紀《ゆき》は門ではなく、うら庭《にわ》のほうにむかう。

「由紀ちゃん、どこ行くの？」

「ちょっとだけ、うら庭の探検《たんけん》。オッショウさまは、いまも木《こ》の葉《は》の音がきこえるっていってたし、どこかにお墓《はか》へのぬけ道がのこってるんじゃないかと思って」

「そっちからは、外に出られないよ」

うら庭をぐるっとかこんでいるブロック塀《べい》のむこうは公園で、こちらがわには、月桂樹《げっけいじゅ》が塀にそってうえられている。

「この木は雑木林《ぞうきばやし》の木が切られたとき、ばあばちゃんのお父さんがうえたんだって。ばあばちゃんはさっき、むかし森の思い出の木だって、いってたね」

つばさは木から葉っぱを一枚《まい》ちぎると、「かいでみて」と由紀のはなに近づける。

「頭がすっきりするような……あまいような……」

「ばあばちゃんはこの葉《は》っぱを、カレーやシチューをつくるときに入れるの。お茶《ちゃ》にもなるらしいよ。そうだ。これも、じいじさんへのお花に入れようか」

ばあばちゃんがお墓《はか》にもっていくようにとつくった小さな花束《はなたば》は、みんな庭《にわ》にさいていたものばかりだ。つばさは月桂樹《げっけいじゅ》をひと枝《えだ》とると、花束にくわえた。

「ほらね、ぬけ道なんかどこにもないでしょ。はやくしないと、バスにまにあわないよ」

由紀が塀《へい》にそって歩いていくので、つばさは時間が気になる。今日《きょう》はつばさが道案《みちあん》内《ない》なのだ。

「ここからむこうに行けそう。つばさちゃん、こっち、こっち！」

由紀の声がしたけれど、すがたはもう、月桂樹の木のかげになって見えない。

足になにかやわらかいものがふれた。シロだった。

シロは、月桂樹の根《ね》もとからうしろへまわりこんだ。木や草にかくれてわかりにくいけれど、塀がくずれていて、せまいすきまができていたのだ。

ついておいでというように、シロはくるりとしっぽをひるがえす。まるで道を知っているみたいなので、つばさがあやしみながらも一歩ふみだすと、ザワザワッと木《こ》の葉《は》の音がした。

高い木のしげった葉のあいだから、ちらちらと日の光がこぼれてくる。おどろいてふりかえると、さっきくぐりぬけたはずの塀《へい》のすきまも、月桂樹《げっけいじゅ》の木も見えない。由紀《ゆき》が木のあいだにつづくほそい道のずっと先を歩いていたので、つばさは走っておいかけた。シロも先にいた。

「まってよ、由紀ちゃん」

「ね、やっぱりあったでしょ。オッショウさまのむかし森。まっすぐ行けば、きっとお墓《はか》への近道」

由紀は、とくいそうにあごをくっとつきあげる。

チチチと鳥の声がして、木のあいだを、なにかが走っていった。

「由紀ちゃん、見た？　いまの、リスかな？」

「もっと大きかったよ。ウサギくらい――」

とつぜん、音もなく大きな鳥が低《ひく》くとんできたので、つばさと由紀はとっさに、かがみこんだ。とがったするどい爪《つめ》が見えた。

「びっくりしたー。なんの鳥だろう？
あっ、羽根《はね》をおとしていった」
つばさがひろいあげると、
「ね、ね。あたしは、花を見つけたよ！」
由紀が、木の根《ね》もとを指《ゆび》さした。
こいむらさき色で、大きな鈴《すず》のような
かたちの花が、下をむいてさいている。
「魔女《まじょ》にあいそう……なんて花かな？」
花のまえにしゃがんでのぞきこむ。
由紀は、なんでも魔女にむすびつける。
「だったら、由紀ちゃんが名前を
つければいいじゃない」
「わっ、なんにしよう？　えーと、
えーと……そうだ、『魔女のブローチ』！」

由紀《ゆき》は顔をあげて、にっとわらった。

気をつけてみると、「魔女《まじょ》のブローチ」以外《いがい》にも、ぽつん、ぽつんと花がさいているけれど、どれも小さく、色もうすい。さわるとほわっときえてしまいそうだ。

ばあばちゃんの家のすぐ近くに、こんな森があったなんて――。つばさは、ぶるっと身《み》ぶるいして、目をつむった。……木のにおいがする……草がはきだすみどりのにおい……土やこけのしめったにおい……胸《むね》いっぱいにそれらのにおいをすいこむと、森がぜんぶ、からだのなかに入ってくるような気がした。

ゆっくり目をあけると、木のあいだに白いものがうごいた。シロ？

そのむこうに、人影《ひとかげ》がうつった。着物《きもの》すがたの女の子のように見えて、目をこすると、黄色いものがふわっとよこぎった。

チョウチョが、おひさまのきれはしのように、かがやきながらとんでいた。

「つばさちゃん、行こう」

チョウチョをおいかけるように、

由紀が足をはやめる。

「うん……」

つばさと由紀は、森の道をすすんでいった――。


「まぶしい！」

目のまえが真《ま》っ白《しろ》になったと思ったら、つよいひざしのなかに立っていた。

目がなれてくると、いつもお墓《はか》まいりをするときにおりるバス停《てい》が、すぐ近くにあった。いつのまにか森をぬけたのだ。

ここからゆるい坂道《さかみち》をのぼってしばらく歩くと、つばさのおじいさんがねむるお墓がある。

いつも十五分はバスにのるのに、森のなかを、そんなに長いあいだ歩いたのだろうか？

つばさがぼんやり立ちすくんでいると、

「つばさちゃん。お墓はどっち？　おなかすいちゃった。オッショウさまがね、おそなえは、あたしたちも食べていいっていってたから、おべんとうにしようよ」

由紀《ゆき》がせっつき、シロがしっぽをゆらしながら、つばさの足にまとわりついた。

お墓《はか》につくと、ばあばちゃんにおそわったように、墓石をあらい、そのまわりのそうじをして、お花とおそなえを出した。

つばさと由紀は、手をあわせる。

(じいじさん。ばあばちゃんは、今日《きょう》はこられませんけど、わたしがきたからいいよね。天国で、楽しく元気でくらしてください。あっ、それから、ばあばちゃんの熱《ねつ》が、はやくさがりますように……)

顔をあげると、由紀はまだ手をあわせている。

(となりにいるのは、親友の由紀ちゃんです。よろしく……)

もう、おいのりすることがない。由紀はじいじさんに会ったこともないのに、なにをいのっているのだろう?

つばさは、お墓のまえの木《こ》かげにピクニックシートをしいて、おそなえしたものをさげた。

「これ、じいじさんの大好物《だいこうぶつ》だったから、お墓《はか》まいりのときは、かならずもってくるの」

それは、ごはんとごはんのあいだに具《ぐ》をはさんで、のりでつつんだもので、少しひらたいかたちをしている。これだけでごはんとおかずがいっしょに食べられるので、ばあばちゃんは、「ごいっしょさん」とよんでいる。

今日《きょう》の具は、いためた牛肉とセージ。塩《しお》サケとキュウリ。きんぴらゴボウにとりからあげの三種類《しゅるい》。

どれから食べよう――。

「つばさちゃんたら、またまよってる」と、由紀がわらった。

となりでシロが、由紀からごいっしょさんをわけてもらって食べている。音もたてずに、気がつくとそばにいる――ネコは、しずかでふしぎな生きものだ。

帰り道はくだり坂《ざか》。バス停《てい》まできて、森の入口をさがした。また歩いて帰るつもりだったのに、森はおろか、雑木林《ぞうきばやし》らしいものも見あたらない。

しかたなく、やってきたバスにのることにした。

ふたりと一匹《ぴき》がのりこむと、運転手《うんてんしゅ》さんはシロを見て、

「なにかに入れてください」という。

つばさはかごにシロをおしこんだけれど、
からだの半分《はんぶん》も入らない。

「しっかりおさえてますから……」

シロも「ニャッ」とないて、くびをちぢめる。

「気をつけてくださいね」

運転手さんはバスを発車《はっしゃ》させた。

乗客《じょうきゃく》は、つばさたちがおりるまで、ふたりと一匹だけだった。

ひとねむりしたら、すっかり気分もよくなったわ。小さいころの夢《ゆめ》をみたの――と、
ばあばちゃんはふとんからおきあがってほほえんだ。
つばさが森でひろった鳥の羽根《はね》を見せると、ばあばちゃんは、羽根をくるくるまわ

しながらしばらくながめて、「フクロウのみたいだけれど……このへんにはもういないはずなのに」と、くびをかしげる。

「わたしは、『魔女《まじょ》のブローチ』を見つけました」

由紀はその花がかざってあるかのように、胸《むね》をはった。

「より道したのね？」

ばあばちゃんはふたりの顔をこうごに見て、いった。


あとでうら庭《にわ》に行ってみると、月桂樹《げっけいじゅ》のうしろの塀《へい》には、シロがやっとおりぬけられるような、小さなすきましか見つからなかった。のぞきこんでも、公園の小さなうえこみしか見えない。

耳をすましても、ザワザワと、木《こ》の葉《は》のゆれる音もきこえなかった。

「わたしたち、たしかにとおったのに——」

「オッショウさまのむかし森だもん」

由紀がいった。

6　おひさまの飲《の》みかた

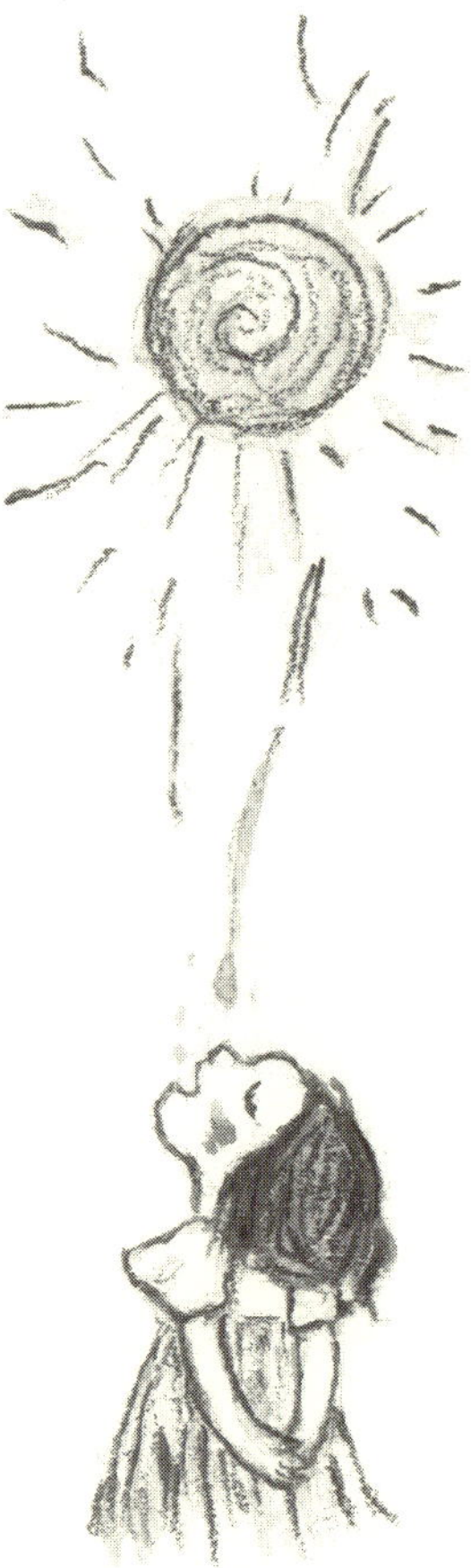

夏休みも半分以上《はんぶんいじょう》がすぎた。あいかわらず暑《あつ》い日がつづいている。

「今日《きょう》は、『おひさまの飲《の》みかた』をおしえてあげるわ」

「おひさまを飲む？」

つばさと由紀《ゆき》は、顔をみあわせた。

ばあばちゃんは大きなかごとハサミをもって、つばさたちを庭《にわ》につれだした。

そこには、さまざまな植物《しょくぶつ》がしげっていて、庭というより野原のようだ。

「あのー、ここも草引きをするんですか？」

由紀が、おそるおそるきいた。「野原庭」は、さっちゃんの庭の何倍《なんばい》も広いのだ。

「その必要《ひつよう》はないわ。ここにある植物はどれも、役《やく》にたつものばかりなの。そのかくれた力を見つけて、自分のものにするのも魔女《まじょ》なのよ」

つばさと由紀は、ほっとする。

ばあばちゃんは草をかきわけて何種類《なんしゅるい》もの草花を収穫《しゅうかく》し、由紀はそのあとからついて歩き、おしえてもらった植物《しょくぶつ》の名前を「魔女《まじょ》のレッスン」ノートに記入する。

つばさは、ネコジャラシでシロをからかいながら、由紀のノートをのぞきこんだ。

・庭《にわ》でいちばんはびこっているドクダミは、「ジュウヤク」ともいわれて、
いろいろな病気《びょうき》にきくけれど、すごいにおいがするから、要注意《ようちゅうい》。
・庭のおくのほうにあつまっているのはヤブラン。
青むらさき色の小さい花。根《ね》がせきどめになる。
・カキは実《み》だけでなく、葉《は》もお茶やおすしにつかう。
オッショウさまは、若葉《わかば》をてんぷらにする。
・ローズマリー、ミントは、お料理《りょうり》やお茶に。
・シソは食中毒《しょくちゅうどく》の予防《よぼう》になるから、夏におすすめ。
赤いシソはジュースにすると、おいしくてからだにもいいし、

ウメとなかよしで、ウメボシをつくるのにかかせない。
・つやつやのツバキの葉《は》は、若《わか》がえりに役《やく》だつらしい。オッショウさまは、ぜひ！
・ウスベニアオイの赤むらさき色の花はお茶になる。魔法《まほう》の花？

収穫《しゅうかく》した植物《しょくぶつ》は、花以外《いがい》、庭《にわ》にある水道で、ていねいにあらった。つばさが、ホースではなれたところにサアサアと水をまくと、虹《にじ》ができた。


「あたしにもやらせて！」

由紀《ゆき》がホースをとろうとして、きゃっきゃっともみあっていると、

「ほらほら。水あそびはそれくらいにして、いそいですることがあるのよ」

ばあばちゃんが家のなかに手まねきをしたので、ふたりはあわててあとをおった。

ばあばちゃんはとうめいなポットをふたつ用意《ようい》して、いまつんできたもののなかから、スペアミントとウスベニアオイをえらんだ。

「よくあらったミントは、ひとにぎりくらいをちぎってちょうだい。それをポットに入れて、口いっぱいまで水をそそぐの」

ミントのかおりがひろがる。ちぎった葉《は》がポットのなかでゆっくりとひろがり、みどり色がきらきらとかがやいて、つばさは息《いき》をのんだ。

「ウスベニアオイも？」

由紀が花をポットに入れようとすると、ばあばちゃんは、「ウスベニアオイのお茶は、つくりかたがちがうの」といって、ひらたいザルをもってきた。

「まず、ひらききった花だけえらんでね。それをよくあらってから、ガクをとって、ザルの上にならべるの。そうそう、花びらがかさならないようにね。これを、おひさまの光にあてて、三日間以上《いじょう》、しっかり干《ほ》すの」

「それじゃあ、お茶を飲《の》めるのは三日後なんですか？」

由紀は、かたをおとす。

「フフフ。ちゃんとお茶はつくりますよ。ほら、いまのウスベニアオイが、三日以上たつと、こんなふうになるの」

ばあばちゃんは、こんどは、こいむらさき色の乾燥《かんそう》した花をもってきた。かさかさと音がするくらい、よくかわいている。

「これをポットに入れて、お水をそそいで、あとは、おひさまにおまかせしておけば、サンティーのできあがりよ。日あたりのいいところに、ミントのポットとふたつならべましょ……夏だから、三十分ほどでいいわね」

「『おひさまの飲《の》みかた』って、このことですか？」

「そうよ。かんたんでしょう？　スペアミントは、お湯《ゆ》でつくるよりも、すんできれいにできあがるし、ウスベニアオイは――」

由紀《ゆき》とつばさが声をあげた。ポットのなかのウスベニアオイの花びらから、青色がにじみながらゆっくりとながれおりてきて、ひろがっていく。

「どちらもつめたくすると、夏にぴったりの飲みものになるわ。お茶が飲みごろになるまで、つんできた薬草《やくそう》を干《ほ》して、お花をいけて――やることがいっぱいよ」

「魔女《まじょ》の薬草づくりですね！　やってみたい」

ドクダミ、ヨモギなどは、それぞれ束《たば》にして、風通しのいい日かげにつるして乾燥《かんそう》させる。カキやモモの葉《は》は、ザルに入れて干す。

ばあばちゃんは、かれ葉のようなものを見せた。

「じゅうぶん乾燥《かんそう》させるとこうなるの。くつくつせんじればお薬《くすり》になるし、モモの葉《は》エキスはあせもにきくの。……さあて、つぎはお花をいけましょうかね」

テーブルの上にはもう、花びんや、花バサミが用意《ようい》されている。

いける花は、庭《にわ》でつんできたものばかりだ。ヒメジョオンや、ネコジャラシのような、雑草《ざっそう》といわれるものまである。

「えーと……、ムクゲに、フヨウ。それから、サルスベル――じゃなくて、サルスベリ……ヒマワリ。オッショウさまの庭には、いろんな植物《しょくぶつ》があったんですね」

由紀は、テーブルの花をひとつひとつ確認《かくにん》する。

「お花のいけかたには、基本《きほん》のかたちときまりがあるけれど、今日《きょう》はすきなようにしていいわよ。ただ、お花の声をきいてあげてね」

つばさは、すきなように――といわれるのがいちばんこまる。どうすればいいの？

由紀は口をぎゅっとむすんで、花をえらんで花器《かき》に入れると、くびをかしげて全体《ぜんたい》のようすを見ては、また花をえらぶ――。

「お花を切るときは、水のなかでね。花が水をすいあげやすくなって長もちするわよ」

由紀《ゆき》はうなずき、おしえられたことをどんどん吸収《きゅうしゅう》していく。

「できました。オッショウさま」

由紀が、ほっと息《いき》をはいた。

「いちばんきれいに見えるようにいけてくれたって、お花がよろこんでいるわ。つばさは？　——あらあら。たくさん入れてしまったのね。はじめにかたちをきめて、それにあわせてお花をえらんだらどうかしら？」

「そんなのむり。だってどの花も、『わたしをえらんで！』『わたしも！』『わたしも！』っていうんだもん。ね、お花の声はきいたよ」

つばさは、まだのこっている花が気になったので、小さなリースにして、頭にのせた。つかわないですててしまうのは、胸《むね》がいたむ。

「花の精《せい》に見えない？」

「見える見える！　じゃあ、あたしは——」

由紀は、葉《は》だけついている枝《えだ》をあつめて、くびからぶらさげた。

「見習《みなら》い魔女《まじょ》のくびかざり！」

「では、わたしは――」

ばあばちゃんは小さなガラスのびんを何本かもってくると、それに、一、二輪《りん》ずつ花をさして、部屋《へや》のかたすみにかざった。

「魔女《まじょ》のランプよ」

「ふるーくて、くらーい部屋が、そこだけぽっと明るくなるから！」

由紀の正直《しょうじき》な答えに、ばあばちゃんとつばさはわらいころげた。

「そろそろ、サンティーが飲《の》みごろになってるわ。あなたがたがお花をいけるのにむちゅうになっていたから、ひやしておいたの」

ばあばちゃんが、冷蔵庫《れいぞうこ》から、ふたつのポットを出してきた。

「水がすっかり青くなってる……とっても、きれい……」

由紀が、ウスベニアオイのポットを光にかざして、あげたりさげたりするので、水がこぼれそうになる。

一方、ミントのポットの水の色は、さいしょとほとんどかわっていない。

つばさはまず、ミントのお茶をひと口飲んで目をとじ、舌《した》にぜんぶの感覚《かんかく》をあつめた。

「すうっとする――これ、おさとうは入ってないよね。なんだか、あまく感《かん》じるけど」

ばあばちゃんにたずねると、

「とりたての新鮮《しんせん》なものは、さまざまな味《あじ》をかくしているのよ。おひさまのエネルギーが、それをひきだしたのね」

おひさまは飲《の》むだけではない。心にも力をあたえてくれると、ばあばちゃんはいう。

「どういうことかわかる？」

「朝日がのぼるのを見ると、元気になるから」

早おきがとくいな由紀《ゆき》らしい。つばさは、すぐには思いつかない。

「わたしは、『花』をあげたいわ。たいていの花はおひさまのほうをむくでしょう。おひさまが花をそだてて、その花が、見る人のやさしい心をそだててくれるの」

「でも、せっかくさいた花を切るのって、かわいそう……」

つばさが花をいけたときに感《かん》じたことをいうと、ばあばちゃんは、いけたばかりの草花に目をやった。

「こうして楽しんで、植物《しょくぶつ》のもっているエネルギーをいただけば、役目《やくめ》をはたした

と思って、満足《まんぞく》してくれるのではないかしら。そのかわり、少しでも長くさいていてくれるように、ひんぱんにお水をかえたり、水切りをしたり、ていねいにおせわをすることが大切だけれど」

めだたない小さな花や草も、敏感《びんかん》ないのちとエネルギーをもっているのだ。

「これは、ほとんど味《あじ》がしないです。お花のエネルギーはぜんぶ、きれいな色につまってるのかな……」

ウスベニアオイのお茶を飲《の》んで、由紀《ゆき》がいった。

「はちみつを入れるとおいしいわ。のどにもいいの。それに、これをくわえると……」

ばあばちゃんがグラスに、小びんに入った液体《えきたい》をぽとりとおとすと、青むらさき色のお茶は、みるみる朝焼《あさや》けの空のようなピンク色にかわっていく——。

「ふしぎ……。魔法《まほう》ですか？」

「ばあばちゃん、おしえて」

「魔女になればできるわ」

ばあばちゃんは、ちんまりしたはなをうごめかした。

7　アマゾンと図書館

学校に夏休みがあるように、魔女修行《まじょしゅぎょう》にも休みが必要《ひつよう》だ――とばあばちゃんがかんがえたかどうかはわからないけれど、お盆《ぼん》の四日間、修行はお休みになった。

「由紀《ゆき》ちゃんとこは毎年、家族旅行《かぞくりょこう》をしてるよね。今年《ことし》もどこかに行くの？」

「海に行くらしいよ。あたしは、すずしい高原キャンプがいいっていったんだけど、お姉ちゃんがどうしても海だって。なにがめあてか、わかってるんだ。新しい水着《みずぎ》を買ったから、見せびらかしたいのよ」

「由紀ちゃんのお姉さんが水着を着たら、めだつだろうね。足、長いもん」

由紀は、お姉さんの話はきこえなかったようにそらした。

「つばさちゃんは、どうするの？」

「わたしはいつもおなじ。どこにも行かないよ。……修行でずっと早おきしてたから朝ねぼうしようかな？　そうだ、シロと昼寝《ひるね》をしようっと。ネコっていいね。フワフワでやわらかくて、すっごくいやされる」

「もう、つばさちゃんたら――」

由紀《ゆき》が、やっとわらった。

つばさは、あっと思った。いつもとおなじではなかった。お父さんからの宿題《しゅくだい》がある。まだまだ先のことだと思っていたけれど、夏休みも半分以上《はんぶんいじょう》すぎていた。

部屋《へや》のかべに、お父さんが送《おく》ってくれた絵地図をはった。

絵を指《ゆび》でなぞる――こういうところで、お父さんはくらしているのだ。

お母さんが入ってきた。

「明日《あした》から三日間、お店をお休みにすることにしたの。どこか、行きたいところはない？」

そんなこと、かんがえたこともなかった。

「いままで、かまってあげられなかったけど、この夏はとくべつだから、いい思い出をつくろうよ」

まるで、つばさがアマゾンに行くのがきまったようないいかただ。

「お母さんは、わたしがお父さんのところに行ったほうがいいと思ってるの？」

お母さんは、だまってつばさの顔を見ていた。

「それは、いまはいわないでおく。つばさに先入観《せんにゅうかん》をあたえたくないもの。わたし、フェアな人間《にんげん》なのよ」

つばさはまた、空白の部分《ぶぶん》がいっぱいある絵地図をながめた。まだなにもかきたしていない。

「わたし、図書館に行く。アマゾンがどんなところか調《しら》べるの」

「そう……。じゃあ、わたしもいっしょに行くわ。アマゾンのこと、ほとんど知らないもの」


「図書館なんて、ずいぶんひさしぶり……意外《いがい》にこんでいるわね。中高生が多いみたい。宿題《しゅくだい》がたいへんなのね。そうそう。つばさの宿題はどうなってるの？」

お母さんは本だなのまえで、本ではなく、まわりばかり見まわしている。

「ここに、アマゾン関係《かんけい》の本があるよ」

つばさは何冊《なんさつ》かぬきだすと、お母さんにわたした。

ふたりは、読書テーブルで本をひらく。

「アマゾン川ってこんなに長かったのね。海まで、いろんな国をとおっているわ」

となりにすわっているおじさんが「オホン！」とせきばらいをして、お母さんをにらんだ。

「図書館ではしずかに！」

つばさが、耳もとでささやく。

「あっ、そうだったわね。ごめん、ごめん。『私語《しご》は厳禁《げんきん》』。学生時代《じだい》、よく注意《ちゅうい》されたものよ。これでも図書館の常連《じょうれん》だったの。むかしはよく勉強《べんきょう》したわ」

つばさはあきらめて立ちあがった。

「本はかりて、家で調《しら》べようよ」

お母さんは、となりのおじさんに頭をさげると、つばさのあとからついてきた。

「さっきのおじさん、こわかったわね」

図書館からはなれると、お母さんはふりかえって、ほっとしたようにいった。おじさんがおいかけてくるかと思っていたみたいで、つばさはおかしくなった。

「しかたないよ。お母さん、おしゃべりするんだもん」

「そんなにうるさかった？　……つばさも、成長《せいちょう》したのね。まわりのことを冷静《れいせい》に判断《はんだん》するようになって……。

今日《きょう》だけじゃないわ。わたし、感心《かんしん》していたのよ。ごみ箱状態《ばこじょうたい》だったつばさの部屋《へや》、きゅうにきれいになったし、きのうは、お花までかざってあって。つばさが、べつの子と入れかわったのかと、不安《ふあん》になったくらいよ。子どもって、いつのまにか成長するものなのね」

そんなにかわったのだろうか？　じぶんではちっとも気づかなかったので、つばさはびっくりした。

つばさはアマゾンの本を読んで、お父さんの絵地図をうめていった。

チスイコウモリ
ジャガーの
もの
巨大ピラルクー
カイマン
アナコンダ
カワガメ
オウム
アマゾン
カワイルカ
オウム

お父さんの友だちのシャーマンが気になる。魔法《まほう》をつかうのだろうか？　会うのは、ちょっとこわい。

絵地図は少しずつうまっていったけれど、答えは出ないまま、明日《あした》からまた、修行《しゅぎょう》がはじまる。

お母さんは、お店にもどった。

つばさは、ばあばちゃんの家に行って、シロと昼寝《ひるね》していた。暑《あつ》いので、アマゾンの勉強《べんきょう》もちょっとひと休み。

由紀《ゆき》がきた。

夏なのに大きなマスクをして、リュックをせおっている。海にあそびに行ったはずなのに、それほど日焼《ひや》けしたようには見えない。

「かぜをひいたの？　修行は明日からだから、家で寝てればいいのに」

由紀はうつむいたまま、小さい声でぼそぼそいうけれど、なにをいっているのかわからない。こういう態度《たいど》をとるのは、たいていこまっているときなのだ。

「なにかあったんだね。わたしに話してよ。だれにもいわないから」

「わらわないでよ」

マスクをはずした由紀《ゆき》の顔を見て、思わずふきだした。

はなの頭だけ、赤黒くてらてらとひかっていた。

「わらわないでっていったじゃない！」

由紀は、つばさをにらんだ。

「だって、ピエロみたいで――」

あわてて口をおさえたけれど、おそかった。

「ひどい！　もう絶交《ぜっこう》！」

由紀はマスクをぎゅっとにぎりつぶすと、帰ってしまった。

つばさはじぶんがいやになった。ふだんは反応《はんのう》がおそいのに、どうしてこういうときだけ、すぐにことばが出てくるのだろう。

あやまりに行ったほうがいいのかどうか、うじうじとなやんでしまう。

「お母さんは、わたしがかわったっていったけど、ちっともかわってない……」

つばさは、ため息《いき》をついた。

8　あかずの間《ま》

由紀《ゆき》のお母さんから、由紀が昼ごはんを食べに帰ってこないけれど、どうしたのかと電話があったのは、お昼の時間がだいぶすぎてからだった。

ばあばちゃんは少しもあわてず、「まだうちにいますから、ご心配《しんぱい》なさらないでくださいね」とこたえて電話を切った。

「由紀ちゃんはいないのに、あんなことをいっていいの？　……わたしのせいだよね。わたしが由紀ちゃんをきずつけたから――由紀ちゃんになにかあったらどうしよう」

つばさは、じっとしていられない気もちだ。

「だいじょうぶだから――由紀ちゃん、きっとおなかをすかせているわね」

ばあばちゃんは台所《だいどころ》に行くと、「ごいっしょさん」をつくりはじめた。

「由紀ちゃんがどこにいるか、知ってるの？」

「たぶん、ここよ」

ばあばちゃんは、長いろうかのつきあたりにある「あかずの間《ま》」のまえに立つと、

「んっ！」と力を入れて、木の戸を引いた。

あくんだ、ここ――つばさは、ばあばちゃんのうしろからのぞきこんだ。由紀《ゆき》は、かっかとおこって帰ったのだから、いるわけないけれど――。

いた！

古い大きなたんすのひきだしがぜんぶ引いてあり、色とりどりの着物《きもの》がひろげられたなかに、由紀が、花もようの着物をかたにかけて立っていた。

「やっぱり！　ここは納戸《なんど》なの――ものおきみたいなものね。つかわなくなった家具《かぐ》や衣類《いるい》をしまってあって、わたしのおばあさんや、そのまたおばあさんたちの――つばさには、ご先祖《せんぞ》さまね――古い着物もあるわ。

それにしても由紀ちゃん、よくここに入れたわね。力と知恵《ちえ》と、ちょっとしたコツがなければ、この戸はあかないのに」

ばあばちゃんが感心《かんしん》すると、由紀は、「へへへ」とてれわらいをした。

「こんなところにかくれていたなんて！　ばあばちゃんと由紀《ゆき》ちゃんで、わたしをからかったのね。本気で心配《しんぱい》してたのにひどいよ！」

安心《あんしん》したら、もうれつに腹《はら》がたってきた。

「ちがうわよ、つばさちゃん」

ばあばちゃんが説明《せつめい》をしようとするけれど、つばさは、ぷいと横《よこ》をむいてしまった。

由紀がつばさの手をつかんだ。

「あたしがわるいの。ね、きいて」

由紀のはなの日焼《ひや》けは、お姉さんのせいだった。

海でお姉さんは、由紀の顔やからだに、日焼けどめのクリームをたっぷりとぬってくれた。

「お姉ちゃんにしてはやさしすぎるから、あやしいとは思ったの。でも、こんなひどいことをするなんて――わざと、はなの頭だけぬらなかったんだよ！」

由紀はくちびるをかんだ。

「あんまりくやしいから、はやく魔女《まじょ》になってしかえしをしたかったの。あかずの間《ま》で魔女のささやきをきいたから、ほかにも魔女がいるんだって思って、その魔女にたのむことにしたの。だって――だってなかなか魔女になれないし……オッショウさまをしんじなかったわけじゃないんですけど」

「いいのよ」ばあばちゃんがうなずく。

由紀は、つづけた。

「魔女には会えなかったけど、気づいたの。あかずの間は、魔法《まほう》の国へつながっているって。『ナルニア国ものがたり』では、洋服《ようふく》だんすのなかからナルニア国に行ったんだから、ここなら、この古いたんすだよね。でもたんすもだめで、それなら、なかの着物《きもの》が魔女になるアイテムだと思ったの。オッショウさまはいつも着物を着てるし。着物はすごいんだよ。きれいで、ふんわりして、ふしぎなにおいがして、こうしてかたにかけただけなのに、きゅうに背《せ》がのびたようになって、あたしじゃないみたいになるの」

ばあばちゃんは、またゆっくりうなずいた。

「ばあばちゃんはどうして、由紀《ゆき》ちゃんがここにいるってわかったの？」

おしえてくれていれば、あんなに心配《しんぱい》しなくてもよかったのだ。

「この家のどこかにいることは、わかっていたの。くつが茶室《ちゃしつ》の外にあったから、玄《げん》関《かん》から出て、茶室からもどってきたんだなってね」

茶室は、はなれ座敷《ざしき》にあって、庭《にわ》からも入れるようになっている。

「由紀ちゃんは、あかずの間《ま》に興味《きょうみ》をもったようだったから、かくれるとすれば、ここしかないと思ったのよ。……由紀ちゃん、家出してきたんでしょう？」

「どうしてそれを？」

ばあばちゃんは、由紀のリュックを指《ゆび》さした。

「リュックから洋服《ようふく》がはみだしているでしょ。なんでもかんでも大いそぎでつめこんだことがわかるわ。それに、ぬいぐるみのうさぎの耳が見えたの。……知ってるわよ、由紀ちゃん。これがないとねむれないってこと。すべての証拠《しょうこ》は家出をさしているわ」

「由紀ちゃん、家出したの？」

由紀は下をむいて、もじもじした。

「とにもかくにも、由紀ちゃん、おなかがすいているでしょ。ささ、これをどうぞ」

ばあばちゃんは、「ごいっしょさん」をのせたお皿《さら》をさしだした。

「ごめんね」

由紀は、つばさのほうにぺこりと頭をさげてから、手にとった。

「わたしも、わらってわるかった……ごめんね、由紀ちゃん」

つばさだって、反省《はんせい》している。

「由紀ちゃんのはなはまかせてね。だから、安心《あんしん》してゆっくりこのお茶《ちゃ》を飲《の》んでちょうだい。夏でも、熱《あつ》いお茶はいいものよ」

ばあばちゃんがポットからお茶をついだ。

「おいしい……このすうっとするにおい、どこかでかいだことがある」

「月桂樹《げっけいじゅ》とローズマリーが入ってるの」

「あっ、むかし森の――」

「そう。月桂樹の葉《は》は、心を休ませてくれるし、ローズマリーは、むかしを思い出させてくれるのよ」

じぶんにもいいきかせるようにいって、ばあばちゃんはすっくと立ちあがった。

「さあ、元気が出たら修行《しゅぎょう》にしましょう」

「えっ、もう？」と、つばさ。

「ちょうどいいから、着物《きもの》の着つけをおぼえるといいわ」

「それが、修行なんですか？」

「そうよ。日本の魔女《まじょ》なら、じぶんで着られるようになりましょうよ」

色あざやかな花もようの着物を着てみたいという由紀《ゆき》に、ばあばちゃんは、部屋《へや》のすみにあった大きな木の箱《はこ》から、べつの着物と帯《おび》を出した。

「これは、ご先祖《せんぞ》さまたちが子どものころに着たものらしいの。つばさと由紀ちゃんには、ちょうどいいと思うわ」

つばさのは、たてじまの着物だった。赤茶色の帯をしめると、けっこうかわいいではないかとにんまりした。でも、長いことしまったままになっていたためか、かびくさい——。

それは、土と木とコケのにおい。
気がつくと、つばさは森のなかにいた。
黄色いチョウチョが、ひらひらととんでいく。
どこからか、ささやく声がする。
木々のあいだには、女の子が行ったりきたり。
かくれんぼだ、とつばさは思った。
女の子たちはみんな、たてじまの着物《きもの》に赤茶色の帯《おび》。
つばさが近づくと、いっせいにふりむいて、
手をひらひらとふる。
ひとりの少女は、ネコをだいている。白い小さなネコ。
ネコは、少女のうでのなかからとびだして、
森のおくへ走っていった。
少女がおいかける。
つばさも走った。まって――。

「由紀《ゆき》ちゃんには、これがにあうわね」

由紀の着物《きもの》は、茶色とみどりの市松《いちまつ》もよう。

ばあばちゃんが、からし色の帯《おび》をむすんだ。

「着物って、うごきにくいと思ってたけど、意外《いがい》にらくなんですね」

由紀は、モデルのようにくるっとまわると、はなをひくひくさせた。

「この着物、しめったにおいがする……」


それは、雨のにおい。

やんだばかりで、地面《じめん》がまだぬれている。

小さな女の子が、由紀のまえを走っていった。

そのうしろから、もっと小さな子がおいかける。

「まって、お姉ちゃん！」

「はやくおいで、ユキチャン。おサルさんとこ、行くよ！」

「シホ。そんなにはやく走ったら、ユキがついていけないわよ」

女の子たちのお母さんが声をかけたとき、妹はころんでワッとなきだした。

「ごめん、ごめん。イタイノイタイノ、トンデケ！」

姉はじぶんのスカートで、妹のよごれた手をふいてやった。

「ほら、おサルさんだよ。あっ、赤ちゃんだ！

お母さんにだっこされておっぱい飲《の》んでる。

ユキチャンみたい。かわいいねえ。見えないの、ユキチャン。

お姉ちゃんが、だっこしてあげるからね」

「シホ。あぶないわよ。ほら、またころぶ……」

「着心地《きごこち》はどう？」

遠くで、ばあばちゃんの声がした。

いつのまにか、いねむりをしていたのだろうか？

となりで由紀《ゆき》が、ゆかにぺたんとすわっていた。

「由紀ちゃんの着物すがた、意外《いがい》ににあってる……」

なんだかまぬけな声だと、つばさは思った。

「うん……」

由紀も、夢《ゆめ》からさめたばかりの顔だ。

「人間《にんげん》になれたかな？　――あとは、着がえて、ここをかたづけておしまい」

ばあばちゃんは、ふたりに着物のたたみかたをおしえると、あかずの間《ま》を出ていった。

「ねえ、由紀ちゃん。ばあばちゃんはさっき、『人間になれた？』ってきいたけど、どういうことかわかる？」

「それは、じぶんでかんがえなさいってことじゃないの」

なごりおしそうに着《き》がえると、しゃきっとすわりなおして、由紀は、ぬいだ着物《きもの》をていねいにたたみはじめた。

つばさは、さっきみた夢《ゆめ》の話をした。

「つばさちゃんが森のなかで出会った女の子たち、もしかしたら、つばさちゃんのご先祖《せんぞ》さまじゃない？　森は、オッショウさまの『むかし森』で――」

「そうか……。だからなんとなく、どこかで会ったことがあるような、なつかしいような気もちがしたのかな……あっ、チョウチョ！　むかし森で見たチョウチョがとんでたの」

「あたしは、小さいころのあたしに会ったの。あのお姉ちゃんが、すごくやさしかったんだよ」

由紀は、つばさにほほえんだ。

「むかしのことでおぼえていないこと、たくさんあったんだね。『いま』ばかり見てて、それがぜんぶだなんて思っちゃいけないの――つながっていたんだよ。これからも、わすれたとしても、ずっとつづいていくんだね。

オッショウさまは、それに気づいてほしかったんじゃないかな。だって、おサルさんが、過去《かこ》や未来《みらい》をかんがえるとは思えないもんね」

由紀《ゆき》はすごい。つばさとおなじようにふしぎな夢《ゆめ》を見たのに、なんと深《ふか》くかんがえたのだろう。つばさははずかしくなった。

（わたしも、しっかりしよう。そして、はやくお父さんの手紙にへんじをかこう！）

「つばさちゃん。なにぶつぶついってんの。着物《きもの》はみんな、たんすにしまっといたからね」

由紀はひとりでかたづけてしまった。

9 由紀《ゆき》のひみつ

家出した由紀《ゆき》は、つばさといっしょに、ばあばちゃんの家にとまることになった。

もっとも、家出したと思っているのは由紀だけで、ばあばちゃんは由紀のお母さんからとまる許可《きょか》をもらっていたし、つばさは、由紀との「おとまり」にすっかりまいあがっていたから、家出なんかわすれてしまっていた。

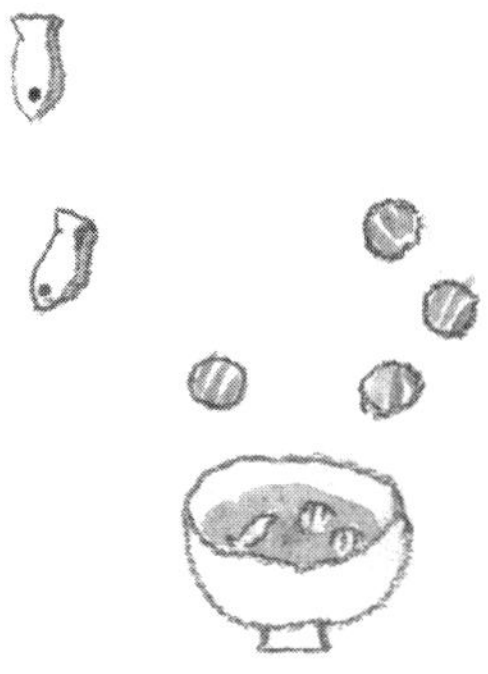

「今日《きょう》は、ふたりで夕食をつくったらどうかしら？　修行《しゅぎょう》の成果《せいか》を発表《はっぴょう》するいいチャンスだわ」

ばあばちゃんが提案《ていあん》した。

「おもしろそう！　やってみたいね、つばさちゃん」

「いま家にある材料《ざいりょう》をつかってくれる？　もうお買いものに行く時間がないから」

夕方になっていた。

「きゅうにレベルアップだあ」

そういいながら、つばさは冷蔵庫《れいぞうこ》をあける。

おしえられたことを、そのとおりにするだけでもむずかしかったのに、じぶんたちだけでつくれるのだろうか？

「つばさちゃん。つかえる材料《ざいりょう》を出してみようよ」

（そうだ、そうだ。がんばらねば！）

つばさは、きっと顔をあげて由紀《ゆき》にうなずいた。

「オッショウさまの冷蔵庫って、あんまり入ってないね」

「旬《しゅん》の新鮮《しんせん》なものがほしいから、買いすぎないようにしているんだって」

「うちのママは、バーゲンセールのときいっぱい買って、冷凍《れいとう》してるよ」

「それぞれの家でちがうんだね」

由紀が材料をチェックする。

「スモークサーモン。たまご。納豆《なっとう》。チーズ——野菜《やさい》は、キュウリ。ニンジン。タマネギ。セロリ。ピーマン……トマトとバナナ。冷凍庫《れいとうこ》にはアイスクリームがある」

「ねえ、これかわいいよ。色のついたお麩《ふ》。てまり麩っていうの。ばあばちゃんは、おいわいのときのおすいものに入れてた」

「これをくみあわせて、なにができるかな？　パズルだね」

つばさと由紀は、顔を見あわせた。

＊レストラン「由紀&つばさ亭《てい》」本日のメニュー＊

・三色テンテンテマリ
うすく切ったキュウリ、スモークサーモン、うす焼《や》きたまごをまいた、てまりずし。つくりかたはかんたん。ラップに具《ぐ》をのせて、その上にすし飯《めし》をおいて、まるくなるように、ぎゅっとしぼるだけ。小さめにつくること。

・金魚のあくびおすいもの
魚のかたちに切ったニンジンと、てまり麩を入れる。おすいものはおだしが大切。これは、ばあばちゃんつくりおきの「おだしさん」を借用《しゃくよう》（小さなてまり麩で、金魚がぽわんと空気をはきだしたように見えますように！）

・ピーマンの舟《ふね》

半分《はんぶん》に切って種《たね》をとったピーマンに、サイコロのように切ったチーズをのせて、トースターで焼《や》く。

・焼《や》きバナナのアイスクリームぞえ

バナナが熱《あつ》いので、アイスクリームがとけるからいそいで食べること。ミントの葉《は》をそえると、さわやか。

できた！　やればできる。

「あら、すごいじゃない！　色どりもきれい」

ばあばちゃんもほめてくれた。

「これなら、アマゾンのお客《きゃく》さまにだって出せるね」

「なんで、きゅうにアマゾンになるわけ？」

「わたし、行くかもしれないの」

由紀《ゆき》にといつめられて、つばさはとうとう話してしまった。

「えーっ！　なんで、なんで！」

由紀は大興奮《だいこうふん》。つばさを質問《しつもん》ぜめにする。あとかたづけのあいだも、いっしょにおふろに入っているときも、ならんで歯《は》みがきをしているときだって――。

「つばさちゃんのお父さんはシャーマンと知りあいなんだね。いいなあ。シャーマンは、病気《びょうき》をなおしたり、うらないをしたり、すごいんだよ。あたし、会ってみたいなあ」

由紀と話していると、楽しい冒険《ぼうけん》に行くみたいに思えてくる。

寝《ね》るときは、ふたつのふとんをならべた。

「幼稚園《ようちえん》のおとまりみたいだね。

あのときつばさちゃん、おねしょしたよね」

「ヒーッ！　やなこと思い出させないでよ。

そうだ。由紀ちゃんだって夜中に、

『ママー』って、ないてたじゃないの」

ふたりは暗闇《くらやみ》のなかで、まだおしゃべりをしていた。

そのうち由紀《ゆき》がしずかになったので、ねむったのかと思っていると、

「アマゾンに行ったら……会えなくなる……」

寝言《ねごと》のような、こもった声だった。

(そうだ。お母さんとも、ばあばちゃんとも、シロとも、はなれるんだ——)

つばさは、暗《くら》い天井《てんじょう》を見つめた。


つばさが目をさますと、横《よこ》に、きちんとたたまれたふとんがおいてあった。

(ゆうべは、由紀ちゃんといっしょにとまったんだよね)

寝《ね》ぼけた頭が、ゆっくりまわりはじめる。

そのとき由紀が、つばさの上にどーんとおちてきた。

「ギャッ! つぶれる」

「いつまでも寝てるからよ。あたしのはな、見て!」

「あっ、日焼《ひや》けがなおった!」

ゆうべ寝るまえに、ばあばちゃんは由紀のはなに、白いどろっとした特製魔女薬《とくせいまじょぐすり》

をぬったのだ。

「オッショウさまは、アマゾンのシャーマンよりすごいね。あたしのはな、きのうより高くなったと思わない？　はなだけなら、お姉ちゃんに勝《か》ったね！　だから今日《きょう》は、動物園《どうぶつえん》に行こうよ」

「動物たちにはなを見せびらかすの？　由紀ちゃんは、動物園がきらいだったじゃない。いままでいくらさそっても、ぜったい行かなかったのに」

「そうだっけ？」

由紀はにやにやしながら、とぼける。

由紀にせかされながら、つばさがしたくをしているあいだに、ばあばちゃんがおべんとうをつくってくれた。

「なにが入ってるの？」

「フラワーガーデン」

会話がずれている。つばさはおべんとうのなかみをきいたのだ。それに、これから行くのは、「フラワーガーデン」ではなく、「動物園」だ。

動物園《どうぶつえん》は、ばあばちゃんの家から、バスで七つめの停留所《ていりゅうじょ》でおりたところにある。

「はやく、はやく！」

ここでも由紀《ゆき》は、入園料《にゅうえんりょう》をはらっているつばさをまちきれないで、もう走りだしている。つばさは、あわててあとをおいかけた。

ついたところは、サル山だった。

堀《ほり》と柵《さく》にかこまれたなかに、コンクリートのこんもりとした山がつくってあって、そこに、二十頭ほどのサルがいた。

サルたちは、はられたロープや、アスレチックのような丸太《まるた》をつたって走りまわったり、うずくまっていたり、思い思いにすごしていた。

由紀は、柵からおちそうなほど身《み》をのりだして、サルを見ている。

「由紀ちゃんが、こんなにおサルさんがすきだったなんて、知らなかった」

つばさも、となりで柵につかまった。

子ザルをだいた母ザルが何頭かいる。お母さんにしがみついたまま、きょろきょろまわりを見まわしている子ザルもいる。

「あのなかに、あたしもいたんだよ」

ふいに、由紀がいった。

「えっ？」

「幼稚園《ようちえん》のとき、お姉ちゃんから『由紀はねむっているとき、おサルさんなんだよ。昼間《ひるま》は魔法《まほう》で人間《にんげん》になっているけど、ねむるとほんとうのすがたにもどるんだから』っていわれて、ずっとしんじていたの。

おサルさんにもどりたくなくて、ねむらないようにしたけど、気がつくと朝になってて……こわかったよ。いつか、昼間でもおサルさんになるんじゃないかって。大きくなって、そんなことはありえないってわかっても、完全《かんぜん》には安心《あんしん》できなかった。

だから魔女になって、魔法で赤ちゃんのころのことを知ろうと思ったの。それから——それからね、魔法でお姉ちゃんにしかえしをすること。おサルさんにしてやるとか、ヒキガエルがいいかとか、ハエにしてハエタタキで、パチンとか……いっぱいかんがえた」

「そんなにつらい思いをしてたのなら、わたしに話してくれればよかったのに。友だちなんだから」

「『あたしのほんとうのパパとママは、おサルです』なんて、つばさちゃんにだっていえないよ」

「じゃあ、どうしていま、話してくれたの？」

「おサルさんの子どもじゃないって、はっきりしたから。きのうの夢《ゆめ》でわかったの。それに、お姉ちゃんだって、あたしのためにがまんしていたの。……ねえ。おサルの赤ちゃん、すごくかわいいね。一匹《ぴき》ほしいなあ」

由紀《ゆき》は、とびきりの笑顔《えがお》をつばさにむけた。

つばさはそれを見て、由紀がとてもはなれたところに行ってしまったような気がした。

「由紀ちゃん、魔女《まじょ》になったのかもしれないね」

「えっ、どうして？」

「だって、声も話しかたも、わらうのだって、いままでの由紀ちゃんとちがうもん……なんていうか……オーラがある——よかったね、おめでとう」

「ちょっと、ちょっと。なによ、それ。『おめでとう』なんていいながら、ぜんぜん心がこもってない！　どうしたの？　つばさちゃんらしくないよ」

「だって、由紀ちゃんとくらべると、わたし、なにをやってもだめなんだもん。お父さんのことだって、なかなかきめられないし……。だめなことばかり」

「そんなに『だめ、だめ』いわないの！　そりゃあ魔女修行《まじょしゅぎょう》は、あたしのほうが成績《せいせき》はいいけど、つばさちゃんは、それなりにがんばってると思うよ。じぶんをしんじて、まえむきに、まえむきに！

ねえ。おべんとうを食べようよ。おなかがすいていると悲観的《ひかんてき》になるんだって」

由紀は、近くのベンチにつばさをひっぱっていくと、おべんとうを出した。

二段《だん》になったかわいいおべんとう箱《ばこ》が、ふたつ。

由紀はひとつをつばさにわたし、じぶんのおべんとう箱のふたをとった。

「なに、これ？」

なかには、ふたつにわれた、たまごのから。そのまわりに、イチゴ、ミニトマト、キウィとパイナップルがカラフルにちりばめてつめてある。

「なぞなぞだ！　つばさちゃん、わかる？」

「わかんないけど――。フルーツサラダをつくるとき、まちがえてたまごのからを入れたんじゃない？　ばあばちゃんは、意外《いがい》にそそっかしいのよ」

「あたし、わかった。ねえ、そっちのおべんとう箱《ばこ》もあけてみて」

ランチクロスの色はちがうけれど、おべんとう箱も、たまごのからの入ったフルーツサラダもおなじだ。

「からのたまご――なにかが生まれたってことよ。もしかして、あたしたちのことかも。そうじの修行《しゅぎょう》をして、心がうつくしくなって、お料理《りょうり》や薬草《やくそう》の勉強《べんきょう》で、すこやかなからだづくりができたし、最大《さいだい》の難関《なんかん》、『人間《にんげん》になれましたか？』だってクリアしたんじゃない？　あの、あかずの間《ま》で――ということはあたしたち、からをやぶって魔女《まじょ》になったのよ！」

つばさは由紀《ゆき》ほど自信《じしん》がないから、おべんとう箱の二段目《だんめ》のなかみのほうが気になる。ふたをあけると――

「フラワーガーデン！」

けさ、ばあばちゃんは、ちゃんとつばさの問《と》いにこたえていたのだ。

ふんわりしたパンケーキに、ピンクや黄色の花びら（バラとヒマワリ）、それにミントの葉《は》が、かざりつけてある。

コルクのふたがついた小さなびんに入っているのは、はちみつ。ナイフとフォークもついていた。

「きれいだけど、お花、食べられるの？」

「ばあばちゃんが、種《たね》から無農薬《むのうやく》でそだてる、食べられる花なの」

「これ、オッショウさまのおいわいかも。魔女《まじょ》になったあたしたちのための」

「でもわたし、まだ……」

「ほら、ほら。またうしろむき。はやくおなかいっぱいにして、まえをむこうよ」

由紀《ゆき》はパンケーキを切り、「花びらをおとさないようにね」といいながら、つばさにさしだした。

10　シロとばあばちゃん

納戸《なんど》の「あかずの間《ま》」は、「あけっぱなしの間」になった。

戸がしまらなくなったのだ。

意外《いがい》にすずしいので、暑《あつ》い昼間《ひるま》、シロはほとんどそこでねそべっている。

今日《きょう》、由紀《ゆき》は用事《ようじ》があるというので、つばさは小さなつくえをもちこんで、たっぷりのこっている宿題《しゅくだい》をひろげた。

でも、やる気がおきない。

「あーあ。アマゾンに行っちゃおうかなあ。そうしたら、こんな宿題をやらないでもいいんだよね」

えんぴつをぽんとおいて、シロのそばに、ごろりとねころんだ。

シロのおなかが、息《いき》をするたびに上下している。フワフワの毛がほおにさわる。

「シロはどこからきたの？　ここが家だと思っているみたいだけど、帰る家がわからなくなったのかな？　もしかしたら、かいぬしがさがしているのかもしれないね」

夢《ゆめ》のなかで会ったご先祖《せんぞ》さまのなかに、白い子ネコをだいている少女がいた。にげたネコは、帰ってきたのだろうか？

あの少女は、だれかににていると思ったけれど、それはじぶんだと気がついた。

そういえば、「むかし森」でも、シロのそばに着物《きもの》すがたの女の子を見た気がした。

――つばさちゃんは、はるちゃんににてきたわね。

ばあばちゃんのおさななじみの、さっちゃんのことばがうかんだ。

つばさはシロをだいて立ちあがった。

――ばあばちゃんは、知っているかもしれない！

ばあばちゃんは、庭《にわ》でワクワク草をかりとっていた。最近《さいきん》、これのお茶《ちゃ》をつくるのにはまっている。シロがよく食べていたので、つかってみることにしたのだ。

「シロは、薬草《やくそう》を見わけるのがじょうずなのよ」

「ネコって、みんなそうなの？　ばあばちゃんは、シロ以外《いがい》にもネコをかったこと、

ある？」

「どうだったかしら？　いつのまにかいついた生きものはいたけれど……。コウモリが、雨戸《あまど》をしまうところに――戸ぶくろっていうんだけどね――巣《す》をつくって、赤ちゃんをうんだことがあったの。巣立つまで戸ぶくろをつかえないから、雨戸はしめたままだったわ。ヤモリもいたのよ。台所《だいどころ》とか、おふろ場がお気にいりだったみたい。

わたしが小さいころは、庭《にわ》でいちばん大きな木にフクロウが住んでいたのよ。毎晩《まいばん》寝《ね》るまえに『おやすみなさい』をいいにいって――。フクロウには、おはようだったわね」

「ネコは？」

「そうそう、ネコね。……いたような気もするけれど……もしかしたら、かっていたのかもしれないわ。だってシロを見たとき、とてもなつかしい気がしたの。そういえば、このまえみた夢にもネコが――」

ばあばちゃんは、シロをじっと見つめた。シロは、ばあばちゃんを見あげて「ミャア」とないた。

「この声――」

ばあばちゃんは、めまいがした。

夜のあいだじゅう、ネコがないていた。ミャアミャアというおさない声。きっと、うまれてまもない子ネコにちがいない。朝になっても、まだなき声はきこえてきた。それがどこからきこえてくるのか、わかってはいたけれど、行くことができない。だってそこは深《ふか》い森で、いままでいちども入ったことがないところ。大きな木のかげから、なにかがじっと見ているぶきみな森なのだ。

なき声はゆうべよりもずっと小さく、とぎれとぎれになっている。はやく行かないと――。はるは深呼吸《しんこきゅう》をすると、歯《は》をぐっとくいしばり、たよりないなき声をめざして、森のなかへ入っていった――。

「……思い出したわ……『しろちゃん』というネコをかっていたの。真《ま》っ白《しろ》で、青い目をしていた――シロみたいにね。まだほんの子ネコで、そりゃあかわいかったのよ。

寝《ね》るときもいっしょ。ごはんを食べるときもそばにおいていたら、『ぎょうぎがわるい。それならネコになりなさい』と、わたしのお父さんにしかられたの。

でも、ある朝目がさめたら、いっしょに寝ていたはずなのに、いなくなっていた
――ずいぶんさがしたし、ずいぶんまっていたのよ。きっと帰ってくるって――。

でも、帰ってこなかったの。……しろちゃんのこと、どうしてわすれていたのかしらねえ？」

「とってもつらかったからじゃない？　あんまりかなしいことや、たいへんなことがあると、そのことをわすれちゃうこともあるんだって」

つばさは、シロをぎゅっとだきしめた。いまもし、シロがとつぜんいなくなったら
――そんなこと、かんがえるのもいやだ。

「シロは、しろちゃんかも……ばあばちゃんに会いにもどってきたとしたら……」

「しろちゃんのことは、何十年もむかしのことなのよ。もし、しろちゃんがそんなに生きていたら、あやかしのネコだわ」

「アヤカシ？」

「あやしいふしぎなもの、という意味《いみ》よ」

白いネコをだいていた少女がばあばちゃんで、ネコがシロだったら……。

「世界《せかい》は広く、おどろきにみちています」というお父さんの手紙を、つばさは思い出していた。魔女修行《まじょしゅぎょう》のあいだに体験《たいけん》した、たくさんの魔法《まほう》のようなふしぎなことも。

シロにみちびかれて、むかし森へ行ったことも、そのひとつだ。

つばさは、シロが「あやかしのネコ」にちがいないと思った。

「ばあばちゃん、わたしがいなくなったらどうする？　たとえば、アマゾンに行くとか――」

「もちろん、さびしい。でもだいじょうぶ。いつでも会える魔法のオマジナイがあるから」

「どんなオマジナイ？」

「まだ、ないしょ。そのかわり、いまのつばさにはぴったりの、答えが見つかるべつのオマジナイをおしえてあげる」

11　つばさのオマジナイ

まよったときには、心にうかんだものを、ねがいをこめてかくことが、つよいオマジナイになると、ばあばちゃんはおしえてくれた。

つばさは、もう一枚《まい》の絵地図をつくることにした。これがつばさのオマジナイ。きっと、答えをおしえてくれるはず。

お父さんの絵地図がアマゾンでの生活だとしたら、まずは、つばさの日本でのくらしもかいてみよう。

絵地図は、ばあばちゃんの家を中心にする。

ばあばちゃんが屋根《やね》の上にいる。着物《きもの》のそでをひらひらにして、とんでいるようにかいた。

庭《にわ》でワクワク草をかじっているシロのひとみは、青空色。

うら庭《にわ》には、大きな月桂樹《げっけいじゅ》の木をかいて、そのむこうは、むかし森にした。目をつむると、いまある公園ではなく、木《こ》もれびがちらちらする、森のなかのほそい道が見えるから。

——木々のあいだからのぞいているのは、白いネコをだいた、つばさによくにた女の子だ。子ネコのひとみも、青空色。

むかし森を出ると、じいじさんがねむるお墓《はか》に行く道がある。

紙がたりなくなったので、もう一枚《まい》、セロテープでつないだ。

となりの町にある雑貨屋《ざっかや》は、紙の左上のはじにかいた。お店のまえに立っているのはお母さん。

つばさとお母さんが住《す》むマンションも、由紀《ゆき》の家も、かよっている学校もかいた。ポコにさんぽをさせている由紀もいる。

まだ空白の部分《ぶぶん》がある。

（ここには、わたしの未来《みらい》をかこう）

じいじ
おさん
はかの
むかし森
ばあばちゃん
むかし林の木
シロ

お母さんのお
がっこ
ゆきちゃんち
ゆきちゃん
わたしのうち
ばあばちゃ

むちゅうでかいていたら、手がしびれた。つばさは、色えんぴつをにぎっていた手を、ぶらぶらとふった。

お父さんの絵地図とじぶんのを見くらべていたつばさは、お父さんとシャーマンのあいだに女の子を入れた。アマゾンに行ったら、こうなるのかもしれない。シャーマンがこわいかどうかは、会ってみなければわからない。絵地図をていねいにたたんだ。あとは手紙をかくだけ。

お父さんへ
お父さんが送《おく》ってくれた手紙のおかえしに、わたしも絵地図をかきました。

これが、いまのわたしの世界《せかい》です。

お父さんは、「世界は広く、おどろきにみちています。つばさにもぜひ、それを知ってもらいたいのです」とかいてくれました。

わたしも、アマゾンにはなにがあるのか、知りたいと思いました。だから、行ってもいいかなあと思いました。あっ、もちろんお父さんにも会いたいからです。でも、アマゾンに行ったら、お母さんやばあばちゃんとは、はなれてしまうのです。

とてもこまりました。わたしがふたりいたらいいのにって、ずっとまよっていました。それで、いまわたしがいる世界《せかい》をかいて、ふたつを見ながらかんがえることにしたのです。

アマゾン川とくらべると、わたしがいるところは、かわったことはなにもなくて、とても平凡《へいぼん》に見えました。アマゾン川がどんなに広くて長いかは、調《しら》べたので知っています。世界で二番目に長いのですね。一番はナイル川だそうです。お父さんは行ったことがありますか？

でもお父さん。わたし、夏休みに魔女修行《まじょしゅぎょう》をしながら、たくさんのおどろくことに出会いました。そして気がついたの。わたしの世界は、アマゾン川とくらべても負《ま》けないくらい、長くて広かったのです。過去《かこ》と未来《みらい》がつながっているなかに、わたしはいたの。そのなかには、お父さんも入っています。

わたしはいままでどおり、お母さんとくらします。でも、わたしの絵地図をよーく見てください。

左上のあいているところは、わたしの未来《みらい》です。そこに小さくかいてある飛行機《ひこうき》に、だれがのっているかわかりますか？　わたしなの！

来年の夏休みは、アマゾンに行きます。そのときは、とびきりおいしいお茶《ちゃ》をいれてあげますから、楽しみにしていてください。

そのまえに、お父さんが会いにきてくれても、ちっともかまいません。幼稚園《ようちえん》のころよりずっと大きくなったわたしを見たら、きっとびっくりするでしょう（わたし、魔女《まじょ》になったんです）。

そのときは、お友だちのシャーマンをつれてきてください。親友の由紀《ゆき》ちゃんが、すごくよろこぶと思います。

つばさより

ついしん

お父さんとお母さんがリコンしたわけをききました。キライになってリコンしたんじゃなくて、とってもうれしかったです。

手紙と絵地図をふうとうに入れて、お母さんのところにもっていった。

「これに、お父さんの住所《じゅうしょ》をかいてくれる？　へんじが入ってるの。アマゾンに行くかここにいるか、どっちにしたかわかる？」

お母さんはつばさをじっと見つめて、にぎりしめていた手の親指《おやゆび》を立てて、にっこりした。

「ばあばちゃんにも、ほうこくしてくるね」

つばさがそういうと、ぽんとせなかをたたいて、送《おく》りだしてくれた。


つばさがきめたことをつげると、ばあばちゃんは、「そうすると思っていたわ」といって、つばさをぎゅうっとだきしめた。

「いつでもわたしに会えるオマジナイがあるっていったよね。おしえて」

「『アシタハ　キット』というの。はなれていても、どんなときも、明日《あした》になれば、ねがいはかなうというオマジナイ。もし、明日になってもかなわないときは、また『アシタハ　キット』――。こうして、希望《きぼう》をもって明日をまてば、いつかはその『アシ夕』になるの」

明日《あした》は由紀《ゆき》ちゃんに、このオマジナイをおしえてあげよう、とつばさは思った。

ねがいをかなえる魔法《まほう》も、きっとじぶんのなかにあるんだって。

「ところで――」

きゅうに、ばあばちゃんの声がかわった。

「おわったのは『初級編《しょきゅうへん》』。やっと、見習《みなら》い魔女《まじょ》というところね。まだまだ、先は長いの。明日は七時に集合《しゅうごう》。由紀ちゃんにも連絡《れんらく》してね」

修行《しゅぎょう》は、つづく――。

魔女《まじょ》のレシピ

〜おひさまの飲《の》みかた〜

すうっとさわやかで、夏にぴったり

ミントのお茶

材料《ざいりょう》　{スペアミントの葉《は》5枚《まい》　水200cc}

1. スペアミントの葉をかるくちぎってポットに入れる
2. 水を入れてふたをし、おひさまにあてる（夏なら30分くらい、好《この》みで）
3. 冷蔵庫《れいぞうこ》でつめたくひやしてできあがり

色がかわる魔法《まほう》をためしてみて

ウスベニアオイのお茶

材料　{おひさまの光にあてて乾燥《かんそう》させたウスベニアオイの花5〜6個《こ》　水180cc　レモン汁《じる》 少々}

1. ポットに花を入れる
2. 水を入れてふたをし、青い色にかわるまで30分ほどおひさまにあてる
3. 冷蔵庫で30分ほどひやしてできあがり

レモン汁をくわえると、色の変化《へんか》が楽しめます

*色が出にくい場合は2の時間を長くします。
また、長時間そのままにすると色がくすんでしまうので、
3の時間はみじかくした方が、あざやかな色で味《あじ》わえます。

心がおちついて、ふしぎな夢《ゆめ》がみられるかも？

むかし森のお茶

材料　{月桂樹《げっけいじゅ》の葉1枚　ローズマリーひと枝《えだ》　熱湯《ねっとう》200cc}

1. お湯《ゆ》をわかし、ポットとカップをあたためる
2. 月桂樹とローズマリーをかるくちぎる
3. ポットに2と熱湯を入れてふたをし、5分ほどまつ
4. 茶こしでこして、カップにそそぐ

*無農薬《むのうやく》の材料と、きれいにあらった食器《しょっき》をつかいます。
*市販《しはん》のものでは、ウスベニアオイはマロウ、月桂樹はローリエで代用《だいよう》できます。
*火や熱湯をつかうときは気をつけて！
*どのお茶も、好みではちみつをくわえると、よりあまく飲《の》みやすくなります。
*新鮮《しんせん》なその日のうちに飲みおわりましょう。
*種類《しゅるい》によってはからだに合わない場合もあるので、飲みやすいお茶で楽しみましょう。

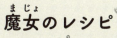

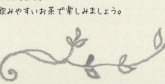

あとがき

この本は、ふたりの少女が魔女修行《まじょしゅぎょう》をする物語です。

魔女はほんとうにいるのでしょうか？　いたらいいな、会ってみたい、できるならじぶんも魔女になりたい――とは思いませんか？

でも、なにもしないでまっていたのでは、いつまでたっても、魔女に会えるどころか、さがしていることさえわすれてしまいそうです。

この物語に登場《とうじょう》する由紀《ゆき》は、もちまえの積極性《せっきょくせい》と行動力《こうどうりょく》で、念願《ねんがん》の魔女を見つけ、「魔法《まほう》」をしんじない主人公《しゅじんこう》のつばさまでまきこんで、魔女修行をはじめてしまうのです。

これも、ひたすら「魔女になりたい！」といううつよいねがいをもちつづけていたおかげなのでしょう。「ねがうこと」って、とても大切なのですね。

では、つばさと由紀は、どんな魔女に出会い、どんな修行をしたのでしょうか？　それは、この本を読んでいただくとして、魔女はほんとうは、すぐ身近《みぢか》にいて、その修行もとくべつなことではないのです。

「心をうつくしく」「からだをすこやかに」する魔女修行《まじょしゅぎょう》をとおして、身《み》のまわりのささやかなできごとのなかにも、ふしぎな世界《せかい》のひろがりを感じることができたら、毎日がおどろきと発見《はっけん》でいっぱいになって、楽しくなることまちがいなしです。

つばさが、せまくて平凡《へいぼん》だと思っていたじぶんの世界が、じつはそうではなかったことに気づいたのも、修行のたまものといえるでしょう。

主人公《しゅじんこう》たちが見つけたように、あなたのなかにもきっと、ねがいをかなえる「魔法《まほう》の種《たね》」はあるはず。コツは、「あきらめないこと」、そして「楽しむこと」。花をそだてるように、希望《きぼう》をもってそだてていけば、きっとすてきな魔法をかけてくれるでしょう。

また、この本にはいろいろな植物《しょくぶつ》が出てきます。書きながら調《しら》べるうちに、めだたない雑草《ざっそう》といわれるようなものでさえも、自然《しぜん》のなかでそれぞれの役割《やくわり》をはたしていることに気がついて、感動《かんどう》してしまいました――これも、修行のおかげかもしれませんね。

最後《さいご》になりますが、「魔法のつえ」をふってくださった方々のおかげで、この本ができました。心から感謝《かんしゃ》いたします。

二〇一八年初夏《しょか》　長井るり子

作者／**長井るり子**（ながい・るりこ）

埼玉県生まれ。中央大学文学部卒業。主な作品に『わたしのママはママハハママ』『魔女があなたを占います』『転校生は悪魔くん』（以上偕成社）『もいちどあおうね』（大日本図書）「小さなりゅう」シリーズ（国土社）などがある。日本児童文学者協会会員。

画家／**こがしわかおり**

埼玉県生まれ。児童書を中心に幅広く活躍中。作・絵に『ツツミマスさんと3つのおくりもの』（小峰書店）、絵に『ロップのふしぎな髪かざり』（講談社）『チキン!』（文研出版）『料理しなんしょ』（偕成社）、装丁に「すみれちゃん」シリーズ（偕成社）など多数。

特別協力／魔女とハーブの店 GREEN THUMB　**飯島都陽子**

主な参考文献

バーバラ・サンティッチ／ジェフ・ブライアント編

山本紀夫監訳『世界の食用植物文化図鑑』（柊風舎）

林 真一郎 著　『ハーブと精油の基本事典』（池田書店）

佐々木薫監修『はじめてのハーブ　育てる・食べる・役立てる』（池田書店）

魔女のレッスンはじめます

2018年7月31日　　初版発行

作　長井るり子
絵　こがしわかおり
装丁　岡本歌織（next door design）
発行者　工藤和志
発行　株式会社出版ワークス
〒651-0084
兵庫県神戸市中央区磯辺通3-1-2 NLC三宮604
TEL 078-200-4106
http://www.spn-works.com/
印刷・製本　株式会社シナノ

Published by Shuppanworks Inc. Kobe Japan
ISBN 978-4-907108-21-2　C8093